# 아재여!
# 당신의 밥상을
# 차려라

# 아재여!
# 당신의 밥상을 차려라

2018년 10월 15일 1판 1쇄 발행

지은이 | 신진호
펴낸이 | 양승윤

펴낸곳 | (주)영림카디널
　　　　서울특별시 강남구 강남대로 354 혜천빌딩
　　　　Tel. 555-3200　Fax.552-0436
　　　　출판등록 1987. 12. 8. 제16-117호

http://www.ylc21.co.kr

값 13,800원

ISBN 978-89-8401-228-8 03810

「이 도서의 국립중앙도서관 출판예정도서목록(CIP)은 서지정보유통지원시스템 홈페이지(http://seoji.nl.go.kr)와
국가자료공동목록시스템(http://www.nl.go.kr/kolisnet)에서 이용하실 수 있습니다.(CIP제어번호: CIP2018029813)」

고독한 삼식이의 인생반전

# 아재여!
# 당신의 밥상을
# 차려라

신진호 지음

영림카디널

contents

## 4. 엄마나 아내만 한 멘토는 없다

## 5. 딸 노릇 한 막내아들

## 9. 내 손으로 만든 안주, 혼술 맛이 두세 배~

## 10. 당신도 바리스타가 될 수 있다

## 11. 아내의 돌연한 와병…나는 생존해야 했다

prologue

어느새 쉰 살이 훌쩍 넘었다. 어찌 이리 세월이 빨리 가
는지 모르겠다. 이제 영락없는 아재다. 배는 불룩 튀어
나오고 매일 머리카락이 한 움큼씩 빠져 머리가 성성해
진다. D자(字) 몸매에 대머리라니….

아재는 서럽다. 아무리 매무새를 잡고 치장해도 거
울 앞에 선 모습은 볼품이 없다. 젊음이 자산일 때는 이
렇지 않았던 것 같은데…. 시간의 무게에 눌려 살다 보면
누구나 그렇다고 하지만, 어찌 되었건 서럽다. 서러운 감
정은 그동안 가정이나 직장에서 차곡차곡 쌓아온 관계
들에 균열이 생기다 보면 일순 북받쳐 오를 때도 있다.

요즘 경기가 나빠지면서 명예퇴직이나 권고사직 당
하는 친구들을 흔히 보게 된다. 직장인들의 간담을 서늘
케 하는 구조조정의 칼날은 아재들을 겨냥한 것이다. 자
신은 청춘을 불살라 열정을 바쳤다고 하나 용도가 폐기
될 지경에 이른 것은 부인하지 못할 현실이다. 조직은
냉정해서 언제든지 가차 없이 내친다. 나 역시 정들었던
직장에서 물러나는 아픔을 맛봤다. 본의 아니게 조직을
떠나야 했던 참담한 생각 때문에 마음을 다잡는 데 수많

은 시간을 보내야 했다. 잘나가든 못나가든, 아니면 아예 내쫓기든 아재들의 심저에는 만성적인 불안감이 깔릴 수밖에 없다. 그러니 서럽지 않겠는가?

사회 또한 아재들에게 냉정하다. 진작 현업에서 물러난 노년의 세대에게는 정부를 비롯해서 노후생활을 걱정해주는 온정의 목소리가 쏟아진다. 청년들에게는 지난 10년간 온 사회가 토닥이고 달래주는 힐링의 이벤트가 펼쳐졌다. 우리는 '아프니까 청춘'이라고 했지만 그 아픔마저 사회가 책임져야 할 것처럼 말하지 않았던가. 아재들은 아무도 거들떠보지 않는다. 허망한 개그로 실소나 자아내는 대수롭지 않은 존재들쯤으로나 여겨지고 있을 뿐이다.

최근 몇 년 사이 내 주변에는 세상을 달리하는 사람들이 많았다. 부모님과 장인·장모님이 세상을 뜨시면서, 나는 '정말' 어른이 되었다. 요즘에는 친구나 지인(知人)의 부음 통보를 받으면 가슴이 철렁 내려앉는다. 이제 나도 갈 때가 되었다는 말인가. 서러워도 혼자 감당해야 하고 억울해도 참아야 하고 아파도 그냥 넘겨야 한다. 직장도 사회도 아재를 따뜻하게 맞아주지 않는다.

그렇다고 사랑하는 아내와 토끼 같은 자식들이 환영해주는 것도 아니다. 아내는 아내대로 자신의 생활 리듬에 충실하다 보니 남편을 바라보는 시선이 예전만 못하다. 아이들은 아이들대로 바빠 말 섞을 겨를이 없다. 이래저래 찬밥 신세다.

인생 100세 시대라고 하는데, 이렇게 산다면 삶이 지옥일 뿐이다. 더욱이 밥 한 끼 제대로 차려 먹을 만한 생존 역량을 갖춘 아재들은 별로 찾아보기 어렵다. 아내가 외출하면 무얼 차려 먹을지 몰라 허둥대기 일쑤다. 아내 입장에서 일식(一食)이 정도야 참을 수 있겠지만, 삼식(三食)이라면 도저히 용납이 안 된다. 자, 지금부터라도 내 밥을 내가 차려 먹어야 하는 절박한 궁지를 의식하지 못한다면 인생은 하염없이 비참해질 것이다.

지금이야 덜하지만 우리가 어릴 때 어머니들은 아들이 부엌에 들어오지도 못하게 하셨다. 빨래, 청소 등 집안일은 '여자가 하는 일'이라며 누나나 여동생에게 일을 시키면서 아들은 모든 걸 면제해주셨다. 이런 탓에 아재들은 요리에 문외한일 수밖에 없었다. 어머니의 끔찍한 사랑이 이제 아재가 된 아들에게는 재앙이 된 것이다.

나는 아들만 삼형제인 집안의 막내아들로 태어나 본의 아니게 딸 노릇을 해야 했다. 어머니의 잔심부름은 내 전담이었고, 종종 장보기를 하며 식재료들을 눈과 손으로 익힐 수 있었다. 어머니를 거들다 보니 부엌 출입도 잦아 어깨너머로 수많은 집밥 요리를 접하곤 했다. 이 책은 어린 시절 내가 어머니와 교감하며 요리를 도왔던 추억을 되살려 완성했다. 나는 이제 집밥 요리라면 나름 일가견을 갖게 되었다고 자부한다. 언젠가 고독한 아재로 늙어갈 내게 어머니가 남긴 유산으로 생각하면서 말이다.

아재들은 보통 요리를 어렵게 생각한다. 하지만 우리가 가정에서 먹을 수 있는 이른바 집밥은 그리 어렵지 않다. 관심만 가진다면 아내가 없어도 쉽게 밥을 짓고 반찬을 뚝딱 만들어 알차게 먹을 수 있다. 혼술을 마시고 싶을 때도 집에 있는 재료만 가지고 얼마든지 안주를 만들 수 있다. 비 오는 날 부침개를 만들어 막걸리 한잔을 마시거나, 따뜻한 어묵탕에 사케(정종) 한 잔으로 분위기를 띄우는 당신을 그려보라.

우리의 생존을 위한 요리라고 치자. 처음에는 서툴지 모르지만 조금만 관심을 갖고 음식을 만들다 보면 삶에 활력이 생겨 새로운 세상이 열릴 것이다. 아재가 요리하면 아내도, 아이들도 남편과 아빠를 새로운 존재로 바라보게 된다. 자신이 뒤늦게 아내로부터 사랑받고, 자식들로부터 존경받는다고 상상해보자. 반전(反轉)의 인생이다. 고독한 아재들에게 이만한 기쁨이 어디 있겠는가? 전국의 아재들이여! 자, 생존 요리를 시작해 보자.

# 1

# 남자의 요리는
# 위대하다!

요리하는 남자는 섹시하다? 50줄에 들어선 아재에게는 허황한 이야기일 뿐이다. 배불뚝이에 군살이 덕지덕지 붙었는데 요리를 한다고 해서 결코 섹시하게 보일 리 없다. 혹여 모르겠다. 여자들은 음식 잘하는 남자에게 감명을 받는다고 하던데…. 요리 솜씨가 일취월장해 아내 입맛을 한껏 돋우어준다면 아재의 볼품없는 몰골도 마냥 내치기는 어렵지 않을까?

어느 책의 한 장면이다. 아내는 청바지에 기름때를 묻혀가며 주방에서 부지런히 손을 놀리는 남편의 뒷모습을 보고 에로틱한 감정에 푹 빠져든다.

'그가 생닭을 내리쳐 절반으로 잘라낼 때, 나는 채식주의자의 공포감과 원시적인 매력이 뒤섞인 미묘한 기분에 휩싸였다. 그가 채소류를 접시에 늘어놓고 찬장에서 양념 병을 꺼낼 때는 나 자신이 훌륭한 남편과 함께하고 있음을, 그리고 그와 함께 몇 년을 더 함께한다면 그가 보석으로 변할 것 같다는 생각이 스쳐지나갔다. …'

(이사벨 아옌데의 『아프로디테』에서)

지금은 우주 멀리 안드로메다에서나 가능한 소리로 들린다. 설사 요리를 잘한다손 쳐도 아내를 감동시키고 훌륭한 남편으로 둔갑할 수 있겠는가? 그러기에는 오랜 세월 아내의 심상을 짓눌러왔던 아재의 지난 일상에 그 자신이 너무 무심했던 게 아닌가? 당신이 요리를 한다고 주방을 들락거린다면 아내는 분명 의아해할 것이다. 평소 안 하던 짓이기 때문이다. 요즘 가부장제의 굳건했던 아성이 무너지고 있는 터라, 이제야 정신을 차리고 있다며 비정상의 정상화로나 여길 수도 있겠다.

## 아직도 요리하는 남자는 별난 존재

자, 그렇다 해도 지금부터 생각을 바꿔보자. 요리하는 여자는 어떤 감동도 주지 못한다. 마땅히 여자가 할 일로 인식되기 때문이다. 하지만 남자는 다르다. 여전히 숱한 사람들의 머리에는 요리하는 남자가 색다른 존재다. 칼을 들고 도마를 두드리는 당신의 뒷모습이 섹시하게 보이지는 않더라도 신선하게 받아들여질 여지는 충분하다. 당신은 한 끼 식사가 아쉬워서 주방에 들어가지만 이후의 삶은 몰라보게 달라질 수 있다. 내 먹을거리를 내 손으로 차려 먹으면서 막다른 골목에 몰린 처지에서 한숨을 돌릴 수 있는 것은 물론 더 나아가 아내에게 새로운 남편으로 다가가게 된다면…. 일석(一石) 이조, 3조, 4조의 인생이 펼쳐져 당신의 세상은 기대치 않았던 황금기를 맞게 될지 모른다.

나는 보통의 아재들처럼 절박함에 몰려 요리를 시작하지는 않았다. 하지만 이제 웬만한 요리는 거의 손을 대고, 풍미(風味)까지 제대로 살릴 수 있다. 언제부터인가 아내와 아이들은 나를 사랑에서 더 나아가 존경까지 하고 있는 것 같다. 나는 요리 실력 덕분이라고 자부한다. 매일 먹는 집밥에다 특선 요리 하나를 얹을 때마다 식구들이 나를 바라보는 시선에 존경심이 가득하다. 남자의 요리는 그만큼 위대하다.

나는 셰프가 아니다. 음식 만드는 일을 직업으로 삼으려고 하지도 않았고, 그렇다고 요리를 잘하기 위해 학원에 다닌 적도 없었다. 물론 지금까지 요리책을 단 한 권도 읽어보지 않았다. 이유는 내 취향과는 다를 것이라는 선입견과 함께 거부감을 갖게 되기 때문이다. 거의 모든 요리책에는 너무나 격식에 맞춰 나와 상관없는 음식을 잔뜩 소개해놓고 있다. 나는 엄마가 만들어주는 집밥을 먹고 싶은데, 상차림이 화려한 한정식이나 일식, 양식 등 온통 별식이 판을 친다.

요리 사진들은 얼마나 근사한가? 요리하는 것도 힘에 부치는데, 그릇에 담긴 음식을 예술로 승화시켜 놓는다. 마치 내가 입을 수도 가질 수도 없는 쇼윈도의 마네킹의 옷처럼 화려하기만 하다. 그래서 난 요리책을 보지 않는다.

## 존경받고 사랑받고… 당신의 품격이 달라진다

나는 요리사가 아니다. 그래도 매일 요리를 하며, 남들에게 맛있다는 소리를 들을 만큼 음식을 만들 줄 안다. 나는 이런 내가 기특하다. 연일 마감시간에 쫓겨 숨 쉴 틈 없이 돌아가던 일상에서 짬을 내서, 고수는 아닐지라도 나름 상수의 경지에 이르렀으니 말이다. 그 비결은 남다른 '관심'에 있었다. 동료 아재들이여! 생존을 위해 지금부터라도 요리에 관심을 갖기 바란다.

나는 요리를 '관심'이라고 말하고 싶다. 사람이 어떤 일에 관심을 가지면 파고들게 되고, 연장선상에서 부단하게 노력하게 된다. 요리도 마찬가지다. 처음에는 서툴고 어렵게 느껴지지만 한두 번 해보면 어느새 능숙하게 된다. 음식을 만들 때 모르는 것이 있다면 엄마나 아내 등 주변 사람에게 물어보면 된다.

요즘은 인터넷에 모든 것이 담겨 있다. 요리를 할 때 레시피를 알고 싶으면 네이버나 다음에 물어보면 된다. 나도 요리를 하다 헷갈리거나 어떤 재료가 쓰이는지 모르는 경우 인터넷 서핑을 해본다. 그렇다고 레시피를 그대로 따라 하지 않는다. 단지 참고만 할 뿐이다. 요리를 하다 보면 자기 나름의 방식을 찾게 되고, 감(感)이라는 것이 생기기 때문이다.

말콤 글래드웰(Malcom T. Giadwell)은 《아웃라이어(Outliers)》에서 하루에 3시간씩 10년 동안 꾸준히 한 분야에 총 1만 시간을 들이면 누구나 그 분야의 최고가 될 수 있다는 '1만 시간의 법칙'을 제시했다. 그만큼 관심을 가지고 꾸준히 노력하는 사람이 전문가가 된다는 뜻이다.

아재 여러분은 대부분 음식 만들기를 어려워한다. 또 요리에 손을 대기도 전에 자신은 음식 만드는 일에 영 소질이 없다거나 어릴 때 귀하게 자라 손에 물도 안 묻혀봤다는 둥 온갖 변명을 늘어놓는다.

이런 아재들이 직장에서는 다들 전문가다. 이들은 말콤의 얘기처럼 한 분야에 1만 시간 이상을 투자해 직장에서 입지를 굳혀가며 처자식을 굶기지 않고 살아왔다. 그러다 이런저런 사정으로 직장을 나서게 되면 하루아침에 마누라 치맛자락이나 잡고 졸졸 따라다니는 천덕꾸러기 신세가 된다. 더 나아가 한 끼도 차려 먹지 못하는 삼식(三食)이가 되면 문제가 복잡해진다. 삼시세끼를 꼬박 차려주어야 하는 아내에게 남편이 곱게 보일 리 없지 않겠는가? 자칫 황혼이혼까지 부를 수 있는 갈등과 불화를 겪는다면 말년에 이런 큰 불행은 없을 것이다.

요리? 어렵지 않다. 단지 아재들이 만들어보지도 않고 어렵게 생각할 뿐이다. 아재들은 모두 1만 시간의 법칙을 이수한 전문가들이다. 처음이 어렵지 하다 보면 익숙해진다.

요리도 마찬가지다. 처음에는 마늘을 까고 칼로 파 써는 일조차 어설프고 힘들지 몰라도 몇 번 하다 보면 쉬워진다. 말콤의 말처럼 1만 시간도 필요 없다. 우리는 요리사가 되기 위해 음식을 만드는 게 아니다. 그저 집에서 밥을 먹고 싶을 때, 아내 없이도 나혼자 간단하게나마 음식을 만들어 먹을 수 있는 수준이면 된다.

아재 요리의 시작은 관심이다. 내가 무엇을 만들고 싶은지, 어떻게 만들지 생각해보고 몇 번 만들다 보면 요령이 생긴다. 한 가지 요리에 성공하면 다음 것에 도전해보고 싶어진다. 그러다 5가지 이상의 음식을 만들 수 있게 되면 거기서 파생되는 요리를 할수 있고, 재료만 살짝 바꿔 다른 요리를 만들 수 있게 된다. 음식 만드는 가짓수도 늘어나고 요리도 쉽게 느껴지는 것이다.

요리의 시작은 관심, 그리고 실행이다.

이번 장(章)과 다음 장에 걸쳐 집밥 요리의 기본을 배운다. 운동을 하려면 맨손체조 등으로 몸 풀기를 먼저 해야 한다. 그렇지 않으면 몸에 무리가 와 결리거나 삐거나 심하면 관절이 부러지기도 한다.

아재들도 처음 요리에 도전하니 '손 풀기'를 해야 한다. 기본 중의 기본이지만 어느 요리책에서도 안 가르쳐주는 팁이다. 요리에 앞서 손을 푸는 정도의 상식 정도로 알면 되겠다. 손 풀기는 인스턴트식품이지만 한국 사람이라면 너 나 할 것 없이 즐기는 라면 요리로 시작한다.

아내가 약속이 있다며 집을 나서면 아재는 난감해진다. 그래서 간편식으로 떠올리는 것이 라면이다. 아마 대부분의 아재들이 할수 있는 요리라면 라면 끓이기일 것이다. 냄비에다 물을 끓여 라면을 넣고 거기에다 계란을 얹어 '대충' 먹기에는 이만한 음식도 없다. 그러나 이런저런 재료들을 넣으면 우리가 단지 간편식으로만 알았던 라면은 든든한 한 끼 식사로 몰라보게 진화한다.

# 라면요리로
## 손풀기

나는 어릴 때 라면을 '꿈의 음식'으로 생각했다. '간단히 끓이면서
도 어떻게 이렇게 맛있을 수 있을까', '어른들은 이 맛있는 라면을
왜 좋아하지 않는 걸까'라는 생각을 수없이 했다. 자꾸 먹고 싶지
만 엄마가 허락을 안 해주시는 게 늘 불만이었다.

라면의 맛은 강렬하다. 짭조름하고 땡땡한 면이 입에 후르르
하고 쏙 들어가면 '행복하다'는 생각이 절로 든다. 특히 겨울철 언
몸을 녹이면서 먹는 라면은 둘이 먹다 하나 죽어도 모를 진미(珍
味)였다. 라면은 화학조미료인 MSG 범벅이라지만 먹을 때는 이를
의식하지 않게 된다. 아마도 라면에 인이 박였기 때문이리라. 소
설가 김훈은 산문집 '라면을 끓이며'에서 다음과 같이 서술했다.


'라면이나 짜장면은 장복을 하게 되면 인이 박인다. 그 안쓰러운 것
들을 한동안 먹지 않으면, 배가 고프지 않아도 공연히 먹고 싶어진
다. 인은 혓바닥이 아니라 정서 위에 찍힌 문양과도 같다. 세상은
짜장면처럼 어둡고 퀴퀴하거나, 라면처럼 부박(浮薄)하리라는 체념
의 편안함이 마음의 깊은 곳을 쓰다듬는다.'

누구나 라면에 얽힌 일화쯤은 하나씩 간직하고 있을 것이다. 우리 국민이 1년에 1인당 평균 74개나 소비할 정도로 가장 쉽게 접하는 음식인 까닭이다. 남자가 군 생활 시절을 운운하면 별 주목을 받지 못하지만, 라면 이야기를 빼놓을 수 없다.

나는 전경으로 군 복무를 했는데, 고참들은 일석점호가 끝나면 항상 막내들에게 라면을 끓이라고 지시했다. 전기쿠커(냄비)로 물을 끓여 라면과 스프를 넣으면 내무반에는 라면 냄새가 진동한다. 입안에서는 벌써 침이 고이면서 목구멍으로 꼴깍꼴깍 넘어가지만 고참들은 "먹어봐"라는 한마디 없이 자기들끼리 먹고 끝냈다.

나는 라면을 끓이면서도 한 젓가락도 먹지 못하는 설움에 목멨다. 고참들이 라면을 다 먹고 난 뒤 설거지를 하다 보면 서러움이 북받치기도 했다. 특히 추운 겨울 온수도 나오지 않아 찬물로 설거지를 하다 보면 남몰래 눈물도 훔치게 된다. 군대에서 라면은 설움이다.

요즘은 내가 어릴 때처럼 초등학교 6학년 아들이 라면 맛에 푹 빠졌다. 아내는 몸에 해롭다며 나나 아들이 라면 먹는 것을 싫어한다. 이를 아는 아들은 라면이 먹고 싶을 때는 에두른다. 아내가 "뭐 먹을래?"라고 물어 보면 아들은 항상 "간단한 거요"라고.

입맛도 유전인지 아들을 보면 40여 년 전 내 모습이 떠오른다. 라면을 먹고 마냥 행복해하지 않았던가.

## 물 잡기

내가 라면을 처음 끓였을 때는 초등학교 2~3학년 때로 기억된다. 봉지 뒷면에는 물의 양을 500~600㎖ 넣으라고 했지만 계량컵이 없으니 어느 정도인지 몰랐다. 어떤 때는 물을 너무 많이 넣어 싱겁고, 어떤 때는 적게 넣어 짜기도 했다.

시행착오 끝에 라면 끓이는 물은 한 대접 반이 적당하다는 사실을 깨달았다. 라면을 40년 넘게 끓여온 지금은 대접을 사용하지 않고도 냄비에 어느 정도 물을 넣어야 맛있는 라면을 끓이는지 척하고 안다. 라면 도사가 된 걸까.

라면을 끓이는 순서도 항상 논란거리다. 라면을 끓일 때 누구는 스프를 먼저 넣어야 물의 끓는점이 높아져 면발이 더욱 쫄깃해진다고 하고, 누구는 물이 끓은 다음 면을 넣고, 그 다음에 스프를 넣어야 좋다고 한다. 불의 세기도 그렇다. 누구는 센 불에 계속 삶아야 면이 땡글땡글하다고 하고, 어떤 이는 그렇지 않다고 한다.

하지만 나는 이런 순서나 불 세기가 중요치 않다고 생각한다. 나는 스프를 먼저 넣어보기도 하고 면을 넣고 스프를 나중에 넣어보기도 했지만 맛의 차이를 유의미하게 느끼지 못했다. 불의 세기도 마찬가지다. 물이 끓고 면을 센 불로 삶다가 중간불로 줄여도 맛은 변하지 않는다.

내가 중요하게 생각하는 것은 라면 끓이는 시간이다. 난 쫄깃한 면발을 좋아하기 때문에 면이 약간 덜 익었을 때 불을 끈다. 그러면 라면을 식탁에 옮겨 놓을 때까지 면이 익으면서 쫄깃해진다.

그래서 나는 라면을 삶을 때 물이 끓으면 면과 스프를 넣고, 바로 계란과 함께 대파도 썰어 넣는다. 예전에는 대파를 도마에 올려놓고 칼로 썰었지만 요즘에는 음식용 가위로 어슷썰기를 한다. 그러면 도마를 설거지해야 하는 수고가 줄어들기 때문이다.

보통 면을 넣고 4~5분이 지나서 먹으면 계란 겉은 익고 속은 노른자가 액체 상태가 되는, 반숙보다 약간 더 익게 된다. 내가 좋아하는 맛이다.

콩나물
라면

내가 제일 좋아하는 라면은 너구리 라면이다. 면발이 통통하기도 하지만 나는 속에 든 다시마 한 쪽이 너무 마음에 든다.

다시마에는 감칠맛을 내는 글루탐산나트륨이 있어 육수를 뽑을 때 가장 중요한 요소다. 이 때문에 다시마 한 쪽만 넣어도 라면의 맛이 달라진다. 인공조미료의 맛이 중화되는 느낌이 들 정도다. 그래서 난 라면을 끓일 때 거의 다시마 한두 쪽을 넣어 끓인다.

콩나물 라면도 마찬가지다. 다시마가 있는 경우 다시마를 넣지만 없다면 그냥 끓여도 된다. 그래도 콩나물의 시원함이 콩나물 라면에서 느껴진다.

라면에 콩나물을 넣고 끓이면 그 자체가 시원한 맛이 나 술 마신 뒤 해장용으로도 좋다. 또한 콩나물 특유의 아삭한 맛과 라면의 쫄깃한 맛이 어우러져 식감도 좋아진다.

recipe

① 냄비에 물 한 대접 반을 넣고 끓인다.

② 물이 끓으면 면과 스프를 넣은 뒤 씻은 콩나물 한 줌을 넣는다.

③ 계란과 대파를 어슷하게 썰어 넣는다.

④ 4~5분 정도 지나 불을 끄면 콩나물 라면이 완성된다.

김치
라면

콩나물 라면만큼 김치 라면도 간단히 끓일 수 있다. 끓는 물에 다시마 한 두 조각을 넣은 뒤 라면을 넣고 보통 김치 2줄기를 가위로 잘라 넣으면 된다.

주의할 점은 스프의 양이다. 속이 많은 김치를 사용하거나 김치를 많이 넣으면 스프를 50%만 넣으면 간이 맞는다.

신김치를 넣으려면 한 번 물에 씻어 사용하는 게 좋다. 신김치를 넣으면 라면의 맛을 잃어버리고 의도하지 않은 '신맛 라면'을 먹을 수 있기 때문이다.

김치 라면에 보통 배추김치를 넣지만 총각무의 무청을 넣어도 된다. 그러나 무청은 좀 질기기 때문에 잘게 썰어 넣어주면 좋다.

recipe

① 냄비에 물 한 대접 반을 넣고 끓인다.

② 물이 끓으면 다시마 한두 조각과 함께 라면과 보통 김치 두 줄기를 넣는다. 김치 양에 따라 간을 보면서 스프의 양을 조절해 넣는다.

③ 계란과 대파를 어슷하게 썰어 넣는다.

④ 4~5분 정도 지나 불을 끄면 김치 라면이 완성된다.

해물 라면은 손이 좀 많이 간다. 콩나물 라면과 김치 라면이 초급이라면 해물 라면은 중급 정도 된다.

마트 해물코너에서 홍합과 오징어, 굴, 새우, 조개 등을 사서 잘 씻은 뒤 냄비에 넣고 끓인다. 위의 재료들을 모두 넣어줘도 좋고 한두 개 빼도 된다. 재료가 있으면 있는 대로, 부족하면 부족한 대로 넣으면 된다. 라면에 굴이나 홍합만 넣어줘도 맛이 확연히 다르다.

해물 라면에는 다시마를 넣어도 좋고 빼도 된다. 해물 자체가 좋은 육수가 되는 까닭이다.

해물 라면은 다른 라면보다 물을 약간 더 잡는 것이 좋아, 보통 두 대접을 넣는다. 계란은 넣지 않는 것이 좋다.

recipe

① 냄비에 물 두 대접을 넣고 홍합과 오징어, 굴, 새우, 조개 등을 넣고 끓인다.
   마트에서 파는 냉동 모둠 해물을 사서 사용하면 간편하다.

② 면을 넣고 간을 보면서 스프의 양을 조절해 넣는다.

③ 대파를 어슷하게 썰어 넣는다.

④ 4~5분 정도 지나 불을 끄면 해물 라면이 완성된다.

꽃게
라면

꽃게철(3~6월)이 오면 꽃게 라면을 꼭 끓여 먹어보자. 꽃게 라면은 꽃게

를 쪄서 먹고 난 뒤 먹는 별미다.

레시피는 간단하다. 꽃게를 먹고 남은 다리 등을 넣고 물을 끓인 뒤 라

면만 넣어주면 끝이다. 게를 찔 때 남은 물(육수)을 사용하면 좋다. 게가

삶아질 때 몸부림치면서 체액이 물에 떨어져 육수가 되기 때문이다. 스프

를 넣지 않아도 되지만 싱거우면 약간만 넣는다.

꽃게뿐 아니라 바닷가재를 먹고 남은 다리 등을 넣고 라면을 끓여도 맛

이 있다. 또한 새조개를 샤브샤브해서 먹은 뒤 끓여 먹는 새조개 라면도

기가 막히게 맛있다.

recipe

① 냄비에 물 두 대접을 넣고 꽃게 다리 등을 넣고 끓인다.

② 면을 넣고 간을 보면서 스프의 양을 조절해 넣는다.

③ 대파를 어슷하게 썰어 넣는다.

④ 4~5분 정도 지나 불을 끄면 꽃게 라면이 완성된다.

2

# 기본을 알면
# 요리가 쉽다

무엇이든 기본을 알면 쉽다. 요리도 마찬가지다. 우리 아재들이 만드는 생존 요리는 거창할 필요가 없다. 우리가 셰프가 아닌데 멋을 낼 필요도 없다. 양념 한두 가지 빠진다고 맛이 엄청나게 차이 나지는 않는다.

내 요리 철칙은 있으면 있는 대로, 부족하면 부족한 대로 음식을 만들어 먹는 것이다. 어떤 음식을 만들 때 마트에 가서 음식 재료를 사지만 어떤 경우에는 냉장고에 있는 재료만 가지고도 음식을 만들어 먹는다. 그렇다고 음식 맛이 이상하지 않다. 적어도 기본은 하기 때문이다.


## 요리의 참맛은 양념과 육수에서

요리의 기본은 양념류를 익히고 육수 내는 방법을 아는 것이다. 그러면 거의 모든 반찬과 국, 찌개를 만들 수 있고 김치도 담글 수 있다.

주요 양념은 마늘과 간장, 생강, 파, 고춧가루, 고추장, 된장,

소금, 설탕, 꿀, 매실액, 깨, 후추 등이다.

이 중에서 가장 중요한 것을 꼽으라면 단연 마늘이다. 감초는 단맛이 나서 쓴 한약을 어느 정도 중화시켜 거의 모든 한약재에 들어가 '약방의 감초'라는 말이 나왔는데, 마늘도 감초처럼 우리 음식에는 꼭 들어간다. 안 들어가는 음식이 손에 꼽을 정도다. 마늘은 우리 음식의 감초다.

간장은 여러 종류가 있는데 장조림 등 조림류와 볶음류에는 조림간장을, 국과 무침류에는 우리가 집에서 담가 먹던 조선간장을 각각 사용한다.

조선간장은 매우 중요하다. 국과 찌개, 무침류에 넣지 않으면 맛이 안 날 정도다. 요리를 하는 지금이야 조선간장에 대한 가치를 알지만 얼마 전까지만 해도 난 냄새가 좋지 않아 조선간장을 싫어했다. 내가 어릴 적에는 집집마다 봄철이면 간장 끓이는 냄새로 동네가 뒤덮일 정도였다. 고린내 같은 좋지 못한 냄새가 동네 곳곳에 배여 한동안 가시지 않았다. 조선간장은 특히 옷에 조금만 묻어도 몸에서 냄새가 가시지 않아 묻은 부분을 빨리 닦아내든지 옷을 갈아입어야 한다.

냄새가 좋지 않지만 조선간장은 음식을 만들 때 마법을 부린다. 맛이 안 나던 국에 밥숟가락으로 2~3스푼 넣으면 신기하게 맛이 나고 냄새도 가신다.

단맛을 내는 데 사용되는 설탕과 꿀, 매실액, 조청은 한 가지만 있으면 되는데, 음식에 따라 달리 사용하는 경우도 있다. 예를 들어 볶음류에는 설탕보다 조청이나 매실 등을 넣는 게 좋다.

참기름과 들기름의 쓰임새도 알아두면 좋다. 보통 들기름은 볶는 데 사용하고, 참기름은 나물을 무치는 데 사용한다. 헷갈리면 들기름은 '들들들 볶는 데'라고 기억하면 좋다.

또 하나 기억하자. 참기름은 주로 무치는 데도 사용하지만 미역국과 북엇국 등을 만들 때 미역과 북어를 볶아주는 데 사용된다.

육수는 음식 만들 때 매우 중요하다. 육수에는 닭 육수, 소고기 육수, 쌀뜨물, 멸치 육수 등이 있는데, 내가 가장 중요하게 생각하는 것은 멸치 육수다.

육수 내는 법에서 자세히 설명하겠지만 멸치와 다시마, 표고버섯, 대파뿌리, 무 등을 넣고 우려낸 멸치 육수는 국과 찌개뿐 아니라 김장 김치와 잔치국수를 만들 때도 사용한다.

멸치 육수를 낼 때 가장 중요한 재료는 멸치와 다시마다. 표고 버섯이나 대파뿌리, 무가 없어도 괜찮지만 멸치와 다시마는 꼭 있어야 한다. 멸치와 다시마에 명태 대가리나 새우 등을 넣으면 좋다.

절에서는 생선인 멸치와 열을 내는 대파뿌리가 빠지고 다시마와 표고버섯, 무만 사용해 육수를 낸다.

# 담그고 까고…
# 매실액 담그기와 마늘까기

나는 보통 6월 초에서 중순쯤 매실액을 담근다. 매실액은 음식 만들 때 넣기도 하고 물에 희석해 음료수로도 마실 수 있다.

매실액 담그기는 매우 쉽다. 마트에 가면 매실을 5~10㎏ 단위로 파는데, 이를 사서 잘 씻은 뒤 소쿠리에 담아 물기를 빼 하루쯤 그늘에 말려둔다. 잘 건조됐으면 꼭지를 따는데, 이쑤시개로 살짝 건드려주면 꼭지가 잘 떨어진다.

매실은 익지 않은 청매보다는 익은 것이 좋다. 이를 보통 황매라고 하는데, 복숭아처럼 붉은 빛이 돌고 매실 향기가 집 안에 은은하게 퍼질 정도로 기가 막히게 좋다. 물론 맛도 청매보다 월등히 낫다.

매실과 설탕은 1:1로 섞는다. 매실 한 층을 만든 뒤 그 위에 설탕을 덮어주고, 다시 매실 한 층을 만들어 설탕을 부어주면 된다. 마지막에는 공기가 들어가지 않도록 설탕을 두텁게 부어준 뒤 용기 윗부분을 비닐로 덮어 고무줄로 묶고 뚜껑을 닫는다. 요즘은 건강을 생각해 백설탕보다는 황설탕, 그보다는 원당을 쓰기도 한다.

매실을 담근 뒤 20일 정도 지나면 설탕이 녹아 밑바닥에 가라앉는데, 국자를 이용해 윗부분과 밑부분을 뒤집어준다. 뒤집기는 설탕이 다 녹을 때까지 한 달에 한 번 정도 해주면 좋다.

인터넷 등에는 보통 100일이 지나서 매실을 건지지 않으면 독소가 나와 몸에 안 좋다고 하는데, 내가 수년째 담가 보니 굳이 매실을 건져 내지 않고 1년 이상을 두어도 맛의 변화가 없었다.

매실액은 설탕이 다 녹으면 먹을 수 있는데, 매실액을 다른 용기에 담을 때 매실을 건져내면 된다.

장마가 시작되기 전 6월 중순은 마늘의 계절이다. 농부들이 밭에서 뽑아 올린 마늘이 마트 판매대에 가득 찬다. 트럭에 마늘을 싣고 아파트 단지나 주택가를 돌면 파는 행상도 늘어난다.

나는 이 시기 1년 먹을 마늘 3접(한 접 100개)을 산다. 엄마가 살아 계실 때는 우리집에 깐마늘을 항상 보내주셨는데, 돌아가신 뒤에는 내가 마늘을 깐다. 처음에는 깐마늘을 마트에서 사다 먹었는데, 비싸기도 하고 양도 부족해 그냥 마늘을 사서 깐 뒤 갈아서 냉동실에 넣고 필요할 때 먹는다.

마늘 까기는 고역이다. 쪼그려 앉아 마늘을 까다 보면 허리부터 아파오고, 손끝도 아리다. 3접을 토요일과 일요일 이틀에 걸쳐 까고 나면 삭신이 쑤신다. 마늘을 까면서 엄마가 얼마나 힘들었을지 매번 느낀다.

마늘을 깔 때면 항상 '어떻게 하면 빨리 깔까'라는 고민을 한다. 처음에는 마늘을 비닐에 담아 반나절 정도 두면서 불게 해봤다. 그러나 마늘은 쉽게 까지지 않았다. 봉지에 담긴 마늘에 물을 뿌려봤지만 이 방법도 그다지 효율적이지 못했다.

결국 마늘을 물에 담아 불려 까는 전통적인 방법이 가장 좋다는 것을 깨달았다. 문제는 마늘 뿌리에 묻은 흙이었다. 마늘을 통째로 물에 담그면 함지박이 흙탕물로 변하기 때문이다. 그래서 나는 먼저 마늘대와 뿌리를 제거하고 마늘쪽(마늘의 낱개)만 물을 담은 함지박에 넣고 마늘을 깐다.

마늘을 다 까면 물에 몇 번 씻고 소쿠리에 담아 물을 완전히 뺀 뒤 핸드믹서기인 '도깨비방망이'로 갈아 1회용 지퍼백에 담아 냉동고에 넣는다. 예전에는 소형 절구에 마늘을 찧었지만 요즘은 도깨비방망이를 사용해 편리하게 마늘을 갈 수 있다.

매실액과 마늘은 요리 만드는 데 필수품이다. 어떤 사람은 매실액을 음식에 넣는 것을 전통적인 방식이 아니라며 비판하지만, 단맛을 낼 때 편리하게 이용할 수 있어 좋다. 마늘은 우리나라 거의 모든 음식에 들어가기 때문에 필수 양념이다.

아재들이 매실액을 담그고, 1년 먹을 마늘을 까는 수고를 한다면 아내는 박수를 보낼 것이다. 그만큼 눈칫밥도 줄어들지 않을까.

1. 가위로 마늘대 자르기

2. 마늘대 제거하기

3. 물에 불리기

4. 마늘 까기

5. 마늘 갈기

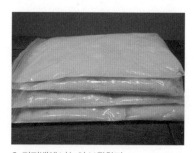

6. 지퍼백에 나누어 보관하기

# 육수는
## 음식의 알파(α)이자 오메가(Ω)

어느 날 우리 부부는 수년째 혼밥을 해 먹는 선배를 저녁 식사에 초대했다. 메뉴는 돼지등갈비 김치찌개에 소소한 반찬이었다. 선배는 식사를 맛있게 먹은 뒤 아내에게 몇 가지 질문을 했다.

"왜 제가 집에서 끓이면 이런 맛이 안 나죠?"

"혹시 육수 내서 끓이셨나요?"

"아뇨, 그냥 김치에 돼지고기 넣고 끓이는데요."

"김치찌개도 멸치 육수를 넣고 끓이면 맛이 달라요. 김치도 육수를 내서 버무리거든요."

"된장찌개는요?"

"당연히 육수를 넣고 끓이죠."

"그랬군요. 저는 된장찌개를 그냥 된장과 두부, 호박 등만 넣고 끓였는데 맛이 영 안 나서 솜씨가 없나 했죠."

그날 선배는 몹시 놀란 눈치였다. 육수를 내서 음식 만드는 데 쓴다는 이야기를 처음 듣는 듯했다.

나도 한마디 거들었다. "육수는 국과 찌개뿐 아니라 김치를 버무릴 때, 잔치국수의 기본 재료가 돼요."

육수는 음식 만드는 데 알파요 오메가다. 죽을 끓일 때도 육수를 넣으면 맛이 한결 달라진다.

그렇다면 우리나라만 육수를 사용할까? 그렇지 않다. 중국 음식도 육수가 기본이다. 우리가 멸치 육수를 기본으로 한다면 중국은 닭 육수가 기본이다. 모 식품회사는 수년 전 야심차게 육수로 중국시장에 도전장을 내밀었다. 나름 철저히 시장분석을 마치고 육수를 출시했지만 판매는 부진했고, 급기야 철수 위기에 몰렸다.

이 회사는 다시 원점부터 점검에 들어갔다. 문제는 중국 사람들 기호를 알지 못한 것이었다. 중국인들은 닭 육수를 기본으로 생각했지 이 회사가 선보인 소고기 육수는 낯선 것이었다. 결국 이 회사는 닭 육수로 급선회해서 안착했다.

일본도 라멘이나 우동 등을 만들 때 멸치나 닭 육수를 사용하고, 프랑스나 스페인 등 서양에서도 스프 등을 만들 때 닭이나 해산물로 육수를 우려낸다.

육수에는 닭 육수, 소고기 육수, 쌀뜨물 등이 있지만 우리나라에서 대표적으로 쓰는 육수는 멸치 육수다. 멸치 육수는 멸치와 다시마, 표고버섯, 뿌리를 포함한 대파, 무, 양파 등을 넣고 우려내면 완성된다.

앞에서도 설명했듯이 멸치 육수를 낼 때 가장 중요한 재료는 멸치와 다시마다. 표고버섯이나 대파뿌리, 무가 없어도 괜찮지만 멸치와 다시마는 꼭 있어야 한다.

멸치는 잘 마른 것이 좋다. 보통 마트에서 파는 국물용 멸치는 건조가 덜 된 것인데, 이런 멸치를 쓰면 육수가 비리다.

비린 맛을 잡는 방법은 몇 가지 있다. 제일 좋은 방법은 멸치를 채반이나 신문지 등에 널어 베란다 등에서 잘 건조시키는 것이다. 그렇지만 귀찮아서 멸치를 말려 사용하는 집은 거의 없다.

두 번째는 멸치를 프라이팬에 넣고 볶는, 즉 고온으로 빠르게 말리는 방법이다. 나는 이 방법을 주로 사용하는데, 볶기 전에 멸치 배를 갈라 똥을 제거한다. 멸치를 프라이팬에 볶으면 처음에는 비린내가 진동해 환풍기를 최대한 켜야 한다. 15분 정도 볶으면 멸치가 바싹해져 맥주 안주로도 좋을 정도로 맛있게 된다.

마지막으로 멸치 육수를 낼 때 명태 대가리나 새우를 넣으면 비린 맛이 잡힌다.

인간은 보통 단맛과 쓴맛, 신맛, 짠맛, 매운맛, 떫은맛 등 6가지 맛을 느낀다고 한다. 그런데 음식 맛을 내는 데는 '감칠맛'이 중요한 요소로 작용한다.

감칠맛은 육수를 우려내는 재료인 다시마와 버섯 등에 많이 포함된 것으로 알려져 있다. 화학조미료인 MSG는 감칠맛을 내는데, 적은 양으로도 맛을 확실히 낼 수 있어 음식점 등에서 광범위하게 사용하고 있다. MSG에 대한 찬반논란이 뜨거운데 여기서는 논외로 한다.

육수는 국류뿐 아니라 찌개류, 김치 담글 때도 쓰일 정도로 우리나라 음식에서 광범위하게 사용된다. 육수만 잘 끓여도 음식의 맛이 확 좋아진다. 육수를 한꺼번에 많이 끓인 뒤 식혀서 냉장고에 넣어두고 국이나 찌개 등을 만들 때 사용해도 좋다. 육수를 뽑을 줄만 알아도 우리나라 음식의 50% 이상은 만들 수 있다.

육수를 낼 수 있으면 절반의 요리사가 된 셈이다. 이제 밥을 시작으로 요리에 본격 도전해보자. 여기에다 국이나 찌개, 반찬 하나만 만들어도 훌륭한 식사를 누릴 수 있다.

멸치 육수

recipe

① 멸치 한 줌, 손바닥 크기(10㎝×15㎝) 다시마 한 장, 양파 1개, 대파 2개(뿌리 포함), 말린 표고버섯 3개, 무(3㎝×10㎝ 정도)를 준비한다.

② 큰 냄비에 물 2/3를 채우고 준비한 재료를 넣은 뒤 뚜껑을 닫지 않고 센 불로 끓인다. 뚜껑을 닫으면 다시마 거품으로 넘친다.

③ 물의 양이 냄비 1/2 정도 될 때까지 끓여주면 육수가 완성된다. 진한 육수를 원하면 더 졸이면 된다.

3

# 내 손으로
# 밥을 짓자

나는 '밥'하면 시골 외할머니 댁 해질녘 풍경이 떠오른다. 붉은 해가 서산으로 넘어가면 이 집 저 집 할 것 없이 모든 집 굴뚝에서 볏짚 태우는 희뿌연 연기가 피어오른다. 약간은 매우면서도 향긋한 연기는 바람을 타고 마을 전체를 휘감으면서 코끝을 자극한다.

　　나는 마을 아이들과 뛰어놀다가도 굴뚝 연기가 피어나면 항상 외할머니 집으로 내달렸다. 저녁 먹을 시간이라 외할머니가 찾으시기 때문이다.

　　부엌에 들어서면 외할머니는 아궁이에 볏짚을 때 가마솥에 흰쌀밥을 지으셨다. 밥이 익는 냄새는 그야말로 구수하다. 말과 글로 표현할 수 없을 정도로 식욕을 자극한다. 다른 반찬 없이도 밥 한 공기 뚝딱 해치울 정도다. 밥을 먹고 난 뒤 먹는 누룽지와 숭늉은 또한 얼마나 기가 막히게 맛이 좋은가. 40여 년이 지난 지금도 외할머니가 지어주신 가마솥 밥이 그립다.

　　내가 처음으로 밥을 지은 때는 초등학교 4학년 겨울 방학이었다. 나는 장사 나갔다 돌아오시는 엄마가 피곤해하는 모습을 보고 뭔가 돕고 싶었다. 그래서 시작한 것이 밥 짓기였다.

먼저 쌀 씻기 도전. 지금이야 쌀 관리뿐만 아니라 도정도 잘해 쌀에 쌀겨와 돌이 거의 섞여 있지 않지만 예전에는 그렇지 않았다. 그래서 조리질을 해야 했다. 나는 엄마가 하시던 모습을 상상하며 조리를 오른쪽에서 왼쪽으로 원을 그리며 돌려 조리질을 했다. 물이 돌면서 가라앉았던 쌀이 올라오며 조리에 담겼다. 밑에 가라앉은 돌가루를 버리는 것으로 쌀 씻기는 끝났다.

문제는 물 맞추기였다. 손등에 올라올 정도로 물을 부어주면 적당하다고 하신 엄마 말씀을 기억하고 내 손등 위까지 물을 넣고 밥을 지었지만 밥은 타거나 설게 되었다. 몇 번 밥을 지으면서 문제가 '손의 두께'라는 사실을 깨달았다. 어른인 엄마 손이 당연히 내 손보다 두껍기 때문에 나는 물을 좀 더 부었다. 그러니 밥이 질지도 되지도 않게 잘 됐다.

뜸 들이는 것도 노하우가 필요했다. 당시는 전기밥솥이 귀하던 시절이라 밥은 연탄불이나 석유곤로에 올려 지었다. 밥이 끓으면 연탄집게를 연탄불 위에 걸쳐 놓고 그 위에 솥을 한동안 놓아서 뜸을 들였다. 석유곤로를 사용하면 센 불에서 밥을 지은 다음 뜸은 불을 낮춰 중불로 들였다.

밥을 다 짓고 난 뒤 보관하는 방법도 중요하다. 압력솥이나 냄비 등에 하면 밥을 짓고 보온밥솥에 밥을 자연스럽게 옮겨 담는다. 그러나 전기밥솥에 밥을 할 경우 보통 밥이 다 되면 바로 보온 모드로 전환되기 때문에 그냥 놓아둔다. 하지만 밥을 그대로 놓아두면 공기층이 없어 밥이 꺼지고 떡이 된다. 엄마는 전기밥솥에 밥을 하시더라도 꼭 밥을 주걱으로 퍼서 양푼 등에 담은 뒤 다시 전기밥솥에 담곤 하셨다. 나는 솔직히 전기밥솥으로 밥을 했을 때 양푼 등에 담았다가 밥을 다시 솥에 담지 않았다. 그 작업이 번거로웠기 때문이다. 물론 양푼에 옮겨놓은 밥을 주걱으로 뒤집어주면 밥에 공기층이 생겨 떡이 되는 경우를 막을 수 있었다.

## 매일 '햇반'만을 먹을 수는 없다

기술의 진보와 함께 '밥 시장'도 놀라울 정도로 발전하면서 커지고 있다. 어릴 적 우리 엄마를 위시해서 주부들의 꿈은 일제 '코끼리표 전기밥솥'을 하나 장만하는 것이었다. 코끼리표 전기밥솥은 우리나라 밥솥과 달리 찰기를 유지시켜 밥을 지으면 맛이 뛰어났다. 주부들은 전기밥솥 제작사인 조지루시(ZOJIRUSHI)는 몰라도 '코끼리표 밥솥'은 알았다. 해외여행이 자유롭지 않던 시절 일본에 가면 꼭 사오는 필수품이었을 정도다.

잘나가던 코끼리표도 1998년 쿠쿠전자에서 전기압력밥솥을 생산하면서 기세가 확 꺾였다. 쿠쿠 전기밥솥의 밥은 압력솥에 지은 것처럼 꼬들꼬들하고 찰지다. 요즘에는 중국 관광객뿐만 아니라 베트남 등 동남아시아 산업연수생들이 자국에 보내는 선물 1순위다.

밥에서도 혁명이 일어났다. CJ제일제당은 1996년 12월 햇반을 출시하며 새로운 즉석밥 시장을 개척해 '대박'을 쳤다. 햇반의 인기가 거세지면서 2002년 농심에 이어 2004년 오뚜기도 즉석밥 시장에 뛰어들었다. 이제 햇반은 즉석밥 하면 떠오를 만큼 고유명사가 됐다. CJ제일제당은 지난해 3억 3천만 개의 햇반을 팔아 시장 점유율이 70%를 넘는데, 매년 판매량을 갱신하고 있다.

햇반 인기는 무엇보다도 1~2인 가구 증가와 함께 폭발적으로 늘어났다. 혼자 먹자고 밥을 하기도 귀찮거니와 간단히 햇반으로 한 끼를 때울 경우 싸게 먹히는 경제성 또한 무시하지 못한다. 그러다 보니 햇반은 대용식이 아니라 일반식으로 자리 잡아가고 있다.

하지만 햇반을 1주일 내내 먹을 수 있을까? 식품회사들은 저마다 바로 도정한 쌀로 밥을 짓고 빠르게 포장해 집에서 지은 밥보다 밥맛이 좋다고 선전하지만, 몇 번 먹다 보면 물리게 된다.

한때 신문사 생활을 함께 했던 모 선배는 10년째 기러기 생활을 하고 있는데, 주말이면 전기밥솥으로 밥을 해서 7일분으로 나눠 냉동실에 보관했다가 먹는다고 한다. 이 선배는 "처음에는 햇반을 즐겨 먹었지만 오래 먹으니 냄새가 나고 질리더라"며 "햇반 역시 즉석 식품의 한계에서 벗어나지 못한다"고 털어놓았다.

# "밥 짓기 어렵지 않아요"

요즘 밥 짓기는 너무 쉽다. 쌀 관리와 도정을 잘해 조리질할 필요가 없다. 어느 순간부터 조리가 부엌에서 사라졌다.

밥을 짓기 전 쌀을 물에 1시간 정도 불려야 한다. 그렇지 않으면 밥알이 딱딱할 수 있다.

쌀을 '살살' 3~4번 씻어주면 된다. 나는 요즘 쌀을 씻을 때 손에 힘을 주지 않고 쌀을 가볍게 두세 번 돌려주고 만다.

쌀뜨물은 첫 번째 씻은 물은 버리고, 두 번째와 세 번째 씻은 물로 받는다.

밥물은 자신의 손등에 물이 찰 때까지 넣으면 된다. 이것이 좀 어렵다면 검지 첫째 마디까지 물을 부으면 된다.

전기밥솥을 사용하면 밥 짓기 끝이지만 압력밥솥을 사용하면 뜸들이기를 해야 한다. 센 불로 밥을 끓이다 압력밥솥 뚜껑 중앙에 달린 압력추가 움직이면서 소리가 나면 중불로 줄인 뒤 3분 후 불을 꺼주면 뜸이 든다. 이때 주의할 점은 압력밥솥의 압력이 충분히 빠지도록 15~20분 후에 뚜껑을 열어야 한다는 것이다.

밥 짓기

recipe

① 쌀을 물에 1시간 정도 불린다.

② 쌀을 '살살' 3~4번 씻어준다.

③ 쌀뜨물은 두 번째와 세 번째 씻은 물을 받으면 된다.

④ 밥물은 손등까지, 또는 검지 첫 번째 마디까지 부으면 된다.

⑤ 압력밥솥의 경우 센 불로 끓이다 압력추가 움직이면 중불로 줄인 뒤 3분 후
　불을 끄면 뜸이 든다. 압력이 충분히 빠지도록 15~20분 후 뚜껑을 열어야
　한다.

4

# 엄마나 아내만 한 멘토는 없다

누구든 최고의 요리사를 뽑으라면 주저 없이 엄마를 꼽을 것이다. 세상에서 가장 맛있는 음식이 집밥인 것은 엄마의 정성이 담겨 있기 때문이다.

남편과 아들, 딸에게 먹일 음식을 만드는 일은 종합 예술이다. 좋은 재료를 사서 다듬고 씻고 조리하는 과정은 중노동이라서 사랑 없이는 감내하기 어렵다. 정성이 듬뿍 담긴 엄마의 음식은 소울 푸드(Soul Food) 자체다. 여기에 무슨 이의를 달겠는가?

엄마가 돌아가시면 '엄마표 음식'이 더욱 그리워진다. 아무리 재현하려 해도 할 수 없는 것이 엄마표 음식이다. 그래서 그리움은 곧 아쉬움으로 변한다.

요리의 시작은 최고의 요리사인 엄마를 도와주는 일이다. 김치를 담글 때 엄마가 소금이나 참깨 등이 필요하다고 말씀하시면 가져다 드리면서도 뭔가 배울 수 있다.

다진 마늘이 필요하면 작은 절구에 마늘을 찧어 드려라. 엄마가 김치를 버무리신 뒤 간을 보라며 김치 한두 점을 입에 넣어줄 수도 있다. 그러면 나는 어느새 김치를 잘 담갔는지, 짠지, 싱거운지 맛을 판별하게 된다. 요리는 이렇게 시작된다.

엄마를 도와드리는 게 별일이 아닌 것 같아도 우리는 엄마가 김치 담그는 모습을 보면서 어떤 배추가 사용됐고, 어떻게 절이고, 속은 어떻게 넣고, 마늘과 고춧가루 양은 얼마나 되는지 등을 대충 알게 된다. 김치 담글 때 몇 번 거들면 외우지 않아도 자연스럽게 이를 터득하게 되는 것이다.

아직도 상당수 아재들은 '난 남자니까 요리는 노(No)!'라는 의식 속에서 마냥 여자들에게 의존하며 살고 있다. 요즘처럼 양성평등을 넘어 여인천하를 외치는 담론이 넘쳐나는 세상에서 이런 아재들은 점차 설 땅을 잃어가고 있다. 남성은 사냥꾼 노릇을 하고 여성은 채집과 요리를 전담한다는 성(性)분업론이 무려 3천 년 이상을 지배해왔으니 딱히 이들을 탓하기도 어렵다. 그러나 시대의 변화를 제대로 읽어야 온전히 생존할 수 있지 않겠는가. 한국 사회도 이제는 여자가 벌어야 탄탄한 가정을 꾸려나갈 수 있는 선진형으로 변모했다. 아내는 가사에 전념하고 남편 혼자 벌어야 한다면 우리가 염원하는 '국민소득 3만 달러 달성의 꿈'은 아예 생각지도 못할 것이다. 그나마 그 꿈이 실현되어 우리 사회가 선진국의 반열에 올라서리라 기대하는 것도 여성들의 일자리가 괄목할 만하게 늘어난 덕분이라 할 수 있다. 맞벌이 시대에 남자가 밥하고 빨래하고 음식을 만드는 게 무슨 대수인가?

엄마를 떠나보낸 아재라면 아내가 주방에서 음식을 만들 때 관심 있게 지켜보고, 대파나 쪽파 다듬는 사소한 일부터 도와주자. 익숙해지면 도마에 파를 올려놓고 썰어보자. 처음에는 어색하겠지만 몇 번 하다 보면 어슷썰기도 할 수 있게 된다. 다듬기와 썰기를 마치면 자신감이 붙으면서 자연스럽게 음식 만들기에 도전할 수 있게 된다.

우리 엄마는 음식 솜씨가 좋으셨다. 뭐든지 엄마 손을 거치면 맛이 남달라 동네에 소문이 날 정도였다.

나는 엄마에게서 요리를 배우지 않았지만 엄마와 함께 시장에 가고 엄마가 음식을 만들 때 도와드리면서 자연스럽게 요리와 친해지게 됐다. 어깨너머로 배운 셈이다.

늦가을 김장을 할 때 엄마를 도와드리면서 김치 담그는 법을 익혔고, 봄철 간장과 고추장, 된장을 담글 때 엄마 옆에서 허드렛일을 하면서 장 담그기도 터득했다.

나는 음식을 만들 때 궁금한 점이 생기면 엄마에게 항상 물었다. 일테면 김장 김치 소를 만들 때 무를 몇 개 사용해야 하는지 물어봤다. 엄마가 배추 양에 맞게 소의 양을 딱딱 맞추는 게 신기했고 궁금하기도 했기 때문이다. 엄마는 "배추 3포기에 무 하나면 거의 맞는다"고 말씀하셨다. 나는 이를 머리에 담아두었다가 엄마가 아프셔서 더 이상 김장 김치를 담가주실 수 없을 때 아내와 함께 김장을 담갔다. 처음 김장할 때는 배추절임부터 쉽지 않았지만 2~3번 하다 보니 익숙해져 이젠 김장이 두렵지 않게 됐다. 단독주택에 살 때는 옥상에서 배추를 절였지만 아파트에 이사 오면서 절인배추를 사다 김장 김치를 담그고 있다. 김장이 한결 수월해졌다.

## 김치에 담겨 있는 생존철학

어릴 적 겨울은 무척 추웠다. 단열이라곤 상상조차 못하던 시절이었다. 방안은 웃풍이 심해 아랫목만 따듯하고 나머지는 냉골이나 다름없었다. 입을 열면 하얀 입김이 퍼져 나갔다. 방한복도 보잘 것 없어 몸 안쪽으로 파고드는 된바람을 막지 못해 항상 오들오들 떨었던 기억이 역력하다. 한겨울의 아스라한 추억이 항상 푸근하게 여겨지는 것은 무슨 이유인지 모르겠다. 별 걱정 없이 먹고 자며 살았던 때라서 그런지…. 겨울도 길었다. 지금이야 온난화로 본격적인 겨울은 12월 중순이 되어야 오지만 당시에는 11월 중순이면 세상이 모두 얼어붙을 정도로 추웠다.

겨울은 먹을 것도 귀했다. 봄이면 온갖 나물이 밥상에 올라오고, 여름이면 수박과 포도 등 제철 과일을 즐길 수 있고, 가을이면 곡식을 수확해 먹을거리가 풍성해지지만 겨울은 그러지 못했다. 지금이야 겨울에도 비닐하우스에서 온갖 채소가 재배되고, 딸기가 봄이 아닌 겨울이 제철이 됐지만 당시에는 겨울철에 신선한 야채가 귀했다. 그래서 긴 겨울철 우리가 먹을 수 있는 유일한 야채는 김치 종류밖에 없었다.

겨울나기의 시작은 김장이다. 지금이야 마트나 홈쇼핑에서 얼마든지 김치를 사 먹을 수 있지만 당시에는 11월 초부터 각 가정에서 김장 김치를 담가야 했다.

　엄마는 김장을 거의 홀로 준비하셨다. 배추 100~150포기와 김
칫소로 쓸 무 30여 개, 동치미 무 5단, 미나리, 갓, 쪽파 등을 사셨
다. 배추 100~150포기를 다듬어 소금으로 절이려면 반나절은 걸
린 것 같다. 지금 생각해보면 말이 안 되지만, 아버지는 부엌 근처
에도 가지 않으셨다. 형들이나 내가 엄마께서 배추를 절일 때 옮
겨주는 정도로 일손을 도왔던 것 같다.

　배추 100~150포기를 김장 김치로 담그는 것이 지금이야 과다
하게 느껴지지만 당시에는 겨울철 먹을거리가 한정되어 있어 가
정마다 김장 김치를 많이 담갔다.

## 김장 파티의 아스라한 추억

엄마는 홀로 밤늦게까지 김칫소로 쓸 무를 칼로 직접 썰었고, 미나리와 쪽파 등도 다듬어 김장에 차질이 없도록 준비하셨다. 다음 날 김장이 본격 시작되면 이모가 와서 엄마를 도우셨다. 엄마는 함지박에 수북이 담긴 무채에 젓갈과 다진 마늘, 다진 생강, 미나리, 쑥갓, 찹쌀로 쑨 풀, 간 배, 멸치 육수, 고춧가루 등을 넣고 버무리셨다. 엄마가 만드는 김칫소는 큰 빨간색 대야(함지박) 4~5개 이상을 채우고도 남을 정도로 많았다. 힘들어하시던 엄마의 모습은 지금도 생생하다. 더욱이 배추김치 소는 무와 양념, 고춧가루를 섞어 되직하게 만들어야 하기 때문에 남자들이 버무리기에도 버겁다.

김칫소가 완성되면 엄마와 이모는 배추에 소를 넣어 김장 김치를 완성하셨다. 그것이 끝이 아니었다. 엄마와 이모 앞에는 산더

미처럼 많은 설거지 거리가 놓여있었다. 온수도 나오지 않은 상태에서 엄마와 이모는 찬바람을 맞으며 찬물에 설거지를 하셨다.

저녁 무렵이 되면 '김장 파티'가 벌어진다. 엄마는 절인 노란 배춧속과 함께 돼지고기를 삶아 수육으로 내놓으셨다. 김장 김치나 배춧속으로 싸먹는 수육은 꿀맛이었다.

엄마가 돌아가신 뒤 아내와 함께 김장을 하면서 엄마의 노고가 어떤 것이었는지 절절하게 실감하고 있다. 배추와 양념을 사서 나르는 것부터 힘에 부치고, 채칼로 무를 채 썰어 배추 속을 버무리면 등에 땀이 흐를 정도로 힘들다. 특히 장시간 쪼그리고 앉아 김장을 하고 나면 허리와 무릎, 어깨 등 결리지 않은 곳이 없을 정도다. 이렇게 힘든 김장을 아버지와 우리 형제들은 '수육 먹는 날' 정도로 생각하며 엄마 홀로 감당하는 것을 당연시하였으니 얼마나 무책임했던지….

이 책을 쓰면서 가장 고민한 부분이 김치 담그기다. 김치는 우리 밥상의 기본이지만 바쁜 현대인들에게는 이젠 더 이상 소중한 음식이 아니다. 사실 1인가구가 늘면서 김치 의존도가 줄고 있고, 많은 집에서 김치를 담그지 않고 사 먹는다. 오로지 경제논리를 따진다면 올바른 판단이다. 이러니 마트에는 수많은 식품회사들이 김치들을 내놓고 판촉경쟁을 벌이고, 홈쇼핑에도 김치는 단골 상품으로 등장한다.

그래서 김치 담그기를 다루는 것이 옳은지 판단이 서지 않았다. 하지만 김치는 집밥 요리의 근본이라는 게 나의 결론이었다. 김치 담그는 법을 터득하면서 생존요리의 철학을 비로소 깨닫게 되지 않을까? 김치 담그기는 아재가 요리하는 남자로서 새롭게 출발하는 입문의 과정이라고 생각하자.

김장 김치를 담글 수 있으면 모든 김치를 다룰 수 있다. 담그는 방법이 같고, 복잡한 김장 김치를 만들어봤으니 단순한 김치를 만들기란 쉬울 수밖에 없다. 김장 김치는 소를 만들어넣지만 일반 김치는 소를 안 넣고 배추를 절여 양념과 고춧가루에 버무리기만 하면 된다.

무생채

김치류 중에서 가장 담그기 쉬운 것이 깍두기와 무생채다. 재료가 동일하고 둘 다 담그는 방법이 같다. 다만 무 써는 방법이 다르다. 아재들도 알겠지만 깍두기는 무를 깍둑썰기를 하고, 무생채는 채칼로 채를 썬다. 내가 어릴 때는 채칼 성능이 좋지 않아 어머니들은 항상 칼을 썼다. 요즘은 채칼이 좋아 손으로 써는 채보다 채칼로 썬 무채가 훨씬 예쁘고, 시간도 절약된다.

김치 담그기 편에 내가 무생채를 선택한 것은 우선 담그기도 쉽거니와 먹기도 편하기 때문이다. 김치를 잘 먹지 못하는 아이들에게 무생채는 거부감이 없다.

우리 집 아이들은 어릴 때 무생채를 '꼬물이'라고 불렀다. 매운 것은 못 먹었지만 꼬물이는 잘 먹었다. 특히 갓 지은 흰쌀밥 한 수저에 꼬물이 하나를 얹어주면, 아이들은 밥의 뜨거운 김을 호호 불며 입속에 후닥닥 집어넣었다. 그리곤 "맛있어요, 또 주세요"라고 말했다.

무생채는 여름에 진가를 발휘한다. 반찬이 없을 때 무생채에 참기름 한 방울을 넣고 비벼 먹으면 정말 꿀맛이다. 무생채 비빔밥은 콩나물과 시금치, 고사리 등을 넣고 비벼 먹는 정통 비빔밥과 색다른 맛이다.

무생채를 담그려면 큰 무 한 개와 쪽파 조금, 다진 마늘, 다진 생강, 새우젓, 액젓 찹쌀 풀, 멸치 육수, 고춧가루 등을 준비한다.

우선 무채를 썰어 함지박에 담고 소금 1~2국자 정도를 뿌려 절인다. 30분 정도 지나면 무에 소금이 녹으면서 물이 나온다. 고르게 절여지도록 무채를 위아래 뒤집어준다. 1시간 정도 지나 절여지면 무에서 나온 물을 버린다.

무채에 어슷하게 썬 쪽파와 다진 마늘, 다진 생강, 새우젓, 액젓, 멸치 육수, 고춧가루 등을 넣고 버무린다. 찹쌀 풀이 없으면 밥 한 숟가락을 갈아 넣어주면 된다.

상온에서 하루 정도 두었다가 익으면 김치 냉장고에 넣는다.

① 큰 무 1개, 쪽파 20여 뿌리, 밥숟가락 기준 다진 마늘 1~2스푼, 다진 생강 1
   스푼, 새우젓 2스푼, 액젓 2스푼, 찹쌀 풀 1스푼, 멸치 육수 1국자, 고춧가루
   2~3국자, 소금 1~2국자 등을 준비한다.

② 무를 채칼로 채 썬 뒤 함지박에 담아 소금으로 절인다. 30분 후 고르게 절여
   지도록 무채를 위아래 뒤집어준다.

③ 1시간 정도 지나 절여지면 무에서 나온 물을 버린다.

④ 무채에 어슷하게 썬 쪽파와 다진 마늘, 새우젓, 액젓, 고춧가루 등 양념을 넣
   고 버무린다.

겉절이
(맛김치)

엄마는 배추김치를 담그실 때 항상 어떤 배추를 사실지 고민을 많이 하셨다. 배추가 좋아야 김치 맛이 좋다며 배추를 사실 때 신중에 신중을 기하셨다. 엄마가 배추를 고르시는 기준은 속이 꽉 찬 배추로, 다른 배추보다 무거웠다. 속이 꽉 찼으니 당연히 무게가 많이 나갈 수밖에 없다.

사실 내가 어릴 때는 지금보다 종묘(種苗) 기술이 발달하지 못해 배추 품질은 영 말이 아니었다. 엄마가 정성 들여 김치를 담가도 배추가 기대에 못 미치면 금방 시거나 물러져 김치 맛이 좋지 않았다.

엄마가 돌아가신 뒤 김장 김치를 처음 담글 때 고랭지 배추로 할지, 바닷바람을 쐰 해남 배추로 할지 선택하느라 고민을 했다. 두 배추가 나름 품질을 보장하는 것으로 알고 있었기 때문이다. 하지만 고랭지 배추나 해남 배추는 마트에 항상 비치되어 있지 않았다. 산지 출하량에 따라 반입량이 들쭉날쭉해 마트 측이 다른 배추로 대체해놓는 날이 허다했다.

호기심이 발동해 배추에 대해 세세히 알아봤다. 국내 굴지의 종묘회사인 A회사 배추 담당자에게 전화를 해서 물어봤다.

"어떤 배추가 좋은가요?"

"배추는 보통 진흙이 많은 곳에서 자라 충남에서 많이 재배됩니다."

"고랭지에서 재배된 것이나 해남 배추가 좋은 것이 아닌가요?"

"그렇지 않습니다. 저희 회사만 해도 여름에 키우는 것, 봄배추, 김장 배추 등 23개 품종에 달합니다."

"그럼 어떤 품종이 좋은가요?"

"농부들이 많이 심는 것이 좋아요. 소비자들이 맛있다고 하면 그 평가가 마트를 통해 농부들에게 전해지거든요. 결국 소비자들이 외면하는 배추는 농부들이 꺼리고, 소비자들에게 선택받은 것을 농민들이 계속 심는 겁니다."

"그러면 소비자들이 배추를 고르지 않아도 되겠네요."

"네. 마트에 공급되는 배추는 어느 정도 소비자의 심사가 끝난 것이라고 봐도 무방합니다. 맛이 없고 작황이 좋지 않으면 농부들이 심지 않거든요."

나는 이 말을 듣고 난 이후로는 마트에 가서 아무런 고민 없이 진열된 배추를 샀다. 국내에서 재배된 것이지만 정확히 어디서 생산된 것인지 모르는 배추를 사서 김장을 담갔지만 맛은 좋았다. 배추가 달았고, 속이 꽉 차 무르지도 않았다. 나는 이제 마트에서 배추를 살 때 원산지를 보지 않고 그냥 산다.

겉절이나 맛김치는 김장 김치를 담글 때보다 쉽다. 김장 김치는 소를 넣지만 겉절이는 소를 넣지 않고 그냥 양념과 함께 버무리면 되기 때문이다.

마트에는 보통 배추 3포기가 한 망에 담겨 있다. 이를 사면서 쪽파 한 단, 양파, 생강 3~4개, 배 한 개 정도를 같이 구매한다.

배추를 다듬어 먹기 좋게 자른 후 달걀이 뜰 정도로 소금물을 풀어 절인다. 보통 3시간 정도면 배추가 절여진다. 배추를 손에 들고 휘어지면 잘 절여진 것으로 판단하면 된다.

멸치 육수에 다진 마늘, 다진 생강, 다진 새우젓, 액젓, 배, 양파, 쪽파, 찹쌀 풀, 설탕, 고춧가루 등을 넣고 양념을 만든다. 찹쌀 풀이 없을 경우 밥을 한두 숟가락 갈아서 넣어도 된다.

양념에 배추를 넣고 버무리면 겉절이가 완성된다. 바로 먹어도 좋지만 상온에서 하루나 이틀 익힌 뒤 김치냉장고에 넣고 먹어도 좋다.

recipe

① 배추 3포기와 쪽파 한 단, 양파 1개, 생강 3개, 배 1개 등을 준비한다.

② 배추를 다듬어 먹기 좋게 자른 뒤 소금에 절인다. 보통 3시간 정도면 배추가
절여지는데, 배추를 손에 들고 휘어지면 잘 절여진 것으로 판단하면 된다.

③ 멸치 육수 2~3국자, 밥숟가락 기준 다진 마늘 2스푼, 다진 생강 1스푼, 다진
새우젓 3스푼, 액젓 3~4스푼, 배 1개와 양파 1개 간 것, 썬 쪽파 반 단, 찹쌀
풀 2~3스푼, 설탕 1스푼, 고춧가루 3~4국자 등을 넣고 양념을 만든다. 찹쌀
풀이 없을 경우 밥을 한두 숟가락 갈아서 넣어도 된다.

④ 양념에 배추를 넣고 버무리면 겉절이가 완성된다.

무·오이
피클

한국의 대표적인 소금 절임 식품이 김치라면 서양에는 피클이 있다. 우리나라 사람이 김치를 담그듯이 서양의 가정에서도 피클을 많이 담그고 있다.

사실 피클은 우리나라 장아찌와 비슷하다. 그만큼 김치 담그기보다 손쉽다.

김치와 피클은 한국과 서양을 대표하는 음식이면서 반찬이다. 동양과 서양의 '대표 선수'인 김치와 피클을 내 손으로 담글 수 있다면 아재들의 밥상은 더욱 빛날 것이다. 주 요리보다 티는 안 나지만 우리나 서양의 식탁 위에 꼭 있어야 하는 밑반찬을 직접 만들 수 있다는 희열감도 맛볼 것이다.

내가 피클 담그기에 도전한 것은 '먹거리 불신' 때문이다. 피자나 치킨을 배달시키면 꼭 따라오는 것이 오이 피클이나 치킨 무인데, 나나 아내, 아이들은 방부제를 염려해 잘 먹지 않는다.

그렇다고 고생스럽게 수제 스파게티를 만들어 먹을 때 김치를 집어 먹을 수도 없어서 고민을 하다 피클 담그기에 도전했다.

먼저 오이 피클 담그기. 마트에서 오이와 피클링 스파이시즈(Pickling Spices), 월계수 잎을 샀다. 웍이나 냄비에 물을 담은 뒤 설탕과 식초를 넣고 월계수잎, 소금, 피클링 스파이시즈 약간을 넣고 한소끔 끓였다.

문제는 설탕과 식초의 비율. 그러나 솔직히 정해진 양은 없다. 어떤 레시피에는 물과 설탕과 식초 비율을 1:1:1이라고 제시하지만, 어떤 곳은 2:1:1이라고도 한다. 물의 양에 따라 설탕과 식초의 비율이 달라지는 것이다.

가장 정확한 것은 우리 입맛이다. 달달하면서 약간 시큼하면 그것이 설탕과 식초의 비율이 되는 것이다. 나는 보통 2:1:1 비율로 피클 소스를 준비한다.

오이를 먹기 좋게 잘라 유리병에 담은 뒤 한소끔 끓인 소스를 담아준다. 설탕과 식초 끓인 소스가 식으면 김치 냉장고에서 3일 정도 숙성시키면 오이 피클이 완성된다.

오이 피클을 만들어보면 무 피클은 정말 누워서 떡먹기다. 과정이 오이 피클과 똑같고 재료만 무로 달라졌을 뿐이다.

오이 피클과 무 피클을 만들어 봤으면 오이와 무를 함께 섞은 오이·무 피클 만들기에 도전해보자. 이것도 만드는 과정이 똑같다. 오이 4개에 무 큰 것 하나. 피클 소스를 만드는 과정은 똑같다.

피클 소스를 한소끔 끓여 오이와 무를 잘라 넣은 유리병에 붓는다. 김치 냉장고에서 3일간 숙성시킨 후 맛을 보면 사서 먹는 피클과는 비교할 수 없을 정도로 맛이 좋다.

오이 피클과 무 피클, 그리고 무·오이 피클 가운데 가장 맛이 좋은 피클은? 개인적인 생각에는 오이와 무를 섞은 무·오이 피클이 가장 맛이 좋다. 아마도 오이의 상큼함과 무의 시원한 맛이 조화를 이뤄 맛이 좋은 것 같다.

무·오이 피클은 피자나 프라이드치킨, 스파게티 등과 함께 먹을 때도 좋지만 맥주를 마실 때는 안주로, 잔치국수를 먹을 때는 반찬으로 먹어도 좋다.

recipe

① 큰 무 1개와 오이 4개, 소금, 피클링 스파이시즈, 월계수 잎을 준비한다.

② 냄비에 물 1,000㎖를 붓고 설탕과 식초는 각 500㎖를 넣어준다. 설탕과 식초의 비율은 맛을 보고 정한다. 달달하고 약간 시큼한 정도로 설탕과 식초를 섞는다. 밥숟가락 기준으로 소금 한 스푼과 월계수잎 3~4장, 피클링 스파이시즈 약간을 넣고 한소끔 끓인다.

③ 무는 직사각형으로, 오이는 동글게 썰어 유리병에 담고 한소끔 끓인 피클 소스를 붓는다.

④ 소스가 식은 뒤 김치 냉장고에 넣고 3일 정도 숙성시키면 무·오이 피클이 완성된다.

5

딸 노릇 한
막내아들

나는 삼형제 중 막내다. 엄마는 항상 "딸 낳으려고 했는데 아들이 나왔다"며 내가 태어났을 때 다소 서운했던 감정을 털어놓으셨다.

엄마에게 딸은 말동무이면서 훌륭한 조수다. 심부름을 시켜도 아들보다는 딸에게 시키고, 아들에게 말 못하는 얘기도 딸에게는 풀어놓는다. 엄마는 아들을 많이 낳았다는 것을 자랑스러워하셨지만 한편으로는 딸이 없어 섭섭하다고 말씀하셨다. 아들들이 커가면서 말할 상대가 없고 집안의 모든 일을 당신 혼자서 감당했으니 얼마나 힘드셨겠는가?

딸이 없다 보니 자연스럽게 막내인 내가 엄마 심부름을 도맡아서 하게 됐다. 음식을 만들다가도 대파나 마늘 등이 없으면 엄마는 항상 나를 부르셨다.

"진호야! 시장에 가서 대파 100원어치만 사와라."

"진호야! 콩나물하고 두부 좀 사와라."

나와 두 살 터울씩인 큰형과 작은형은 시장이나 구멍가게 가는 일을 창피하게 생각했다. 나도 초등학교 때까지는 별 생각 없이 시장이나 구멍가게에 가서 엄마가 필요한 물건을 사왔지만 사춘기에 접어든 중학교부터는 엄마 심부름을 하는 것이 좀 창피하게 느껴졌다. '사내새끼가 시장에서 콩나물이나 사간다'는 동네 친구들의 놀림도 받았다.

하지만 대안이 없었다. 내가 심부름을 하지 않으면 엄마가 음식을 하다 말고 다시 시장에 가는 수밖에 없었다. 나는 속으로 생각했다. '뭐 좀 창피하면 어때, 엄마 도와드리는 게 낫지.'

시장에 가서 엄마 심부름을 하면 물건을 파는 아줌마들이 약간 놀라셨다. 남학생이 엄마 심부름 왔다며 대견해하시기도 했다. 동네에서도 아줌마들이 나를 보면 딸 노릇 한다며 칭찬을 하셨다. 더러는 "진호 좀 닮아봐라"며 자신의 아들을 타박하기도 했으니 본의 아니게 동네 아이들에게 민폐를 끼친 셈이다.

잔심부름은 어느새 엄마와 함께 장보기로 발전했다. 엄마는 물건을 많이 사실 때 항상 나를 시장에 데려가셨다. 엄마가 물건을 고르고 사시면 나는 장바구니에 담아 집에 가져왔다. 엄마가 나를 시장에 데려간 이유는 무거운 장바구니를 내가 들 수 있다는 현실적인 판단도 있었지만 딸은 아니더라도 내가 당신과 얘기를 나눌 수 있기 때문인 듯했다.

엄마와 장을 보면서 자연스럽게 배운 것을 지금 유용하게 사용하고 있다. 어떤 과일이 좋은 것인지, 싱싱한 생선은 어떤 것이고, 시금치 등 나물류를 살 때 유의점은 무엇인지 등을 자연스럽게 습득했다. 덕분에 요즘 아내와 대형 마트에 가면 아내와 상의없이 물건을 고른다. 물론 아내 없이 혼자 마트에 가서 능숙하게 장을 보기도 한다.

엄마가 의도하지는 않으셨지만, 나는 엄마와 장보기를 하면서 자연스럽게 생존 능력을 터득한 것이다. 하늘에 계신 엄마! 감사합니다.

밥을 짓고 육수를 내서 양념을 넣고 김치를 담글 줄 알면 어느 정도 집밥 요리의 경지에 올랐다고 할 수 있다. 이 정도면 누구나 국과 찌개 요리에 자연스럽게 접근한다. 밥 한 그릇과 김치, 그리고 국이나 찌개가 있으면 한국인의 밥상을 그럭저럭 갖춘 게 아닌가.

# 국이 빠진
## 식탁은 허전하다

결혼을 한 지 얼마 안 돼 엄마가 아내에게 당부하셨다.

"아범은 국 없이 밥 못 먹으니 꼭 국을 끓여줘라."

난 최근까지 국 없이 밥을 못 먹었다. 엄마는 항상 밥과 국에 반찬을 차려주셨다. 내가 새벽에 일찍 나가더라도 따끈한 국을 끓여주셨다. 내가 국을 잘 먹고 좋아하니, 찌개를 만드시더라도 엄마는 나에게만 국을 따로 끓여주실 정도였다.

아내는 최근까지 국을 항상 끓여줬다. 아내가 잘 끓이는 국은 콩나물국과 북엇국이다. 눈치가 빠른 아재라면 아시겠지만 이 국들은 해장국이다.

10여 년 전, 나는 회사에서 경찰출입기자들을 관리하는 시경 캡을 맡아 후배들과 함께하며 1주일에 6일은 술을 마시고 밤늦게 들어왔다. 늦으면 새벽 2~3시를 넘길 때도 있었다.

아내는 싫은 내색을 하지 않고 아침이면 항상 국을 끓여주었다. 술을 많이 마셨으니 해장을 하라며 콩나물국이나 북엇국을 밥상에 올려놓았다. 겨울철에는 익은 김치로 김치국도 끓여 내놨다.

나이가 드니 위가 줄어서인지 몰라도 어느 순간 국 없이도 밥을 먹을 수 있게 됐다. 밥만 고집하던 내가 빵으로도 아침을 때울 수 있게 되면서 이젠 밥을 먹을 때 국을 고집하진 않는다.

그렇지만 식사의 기본이 밥과 국, 반찬이라는 생각에는 변함이 없다. 국이 빠진 식탁은 뭔가 허전하다.

국을 안 먹고도 밥을 먹을 수 있게 됐지만, 난 아직도 식사는 밥과 국, 반찬이라는 통념에 사로잡혀 있다. 아재는 어쩔 수 없는 가 보다.

미역국

"한 가지 약속해줘요. 내 생일날 아침에는 꼭 흰쌀밥에 미역국을 끓여줘요."

아내는 정말 진지하게 내게 다짐을 받았다. 1년 중 364일은 자신이 밥을 할 테니 생일날인 단 하루만이라도 남편이 해주는 밥을 먹고 싶다는 소박한 꿈을 피력한 것이다.

나는 항상 아내 생일날이면 평소보다 일찍 일어나 밥을 짓는다. 쌀은 전날 씻어 불린 것을 사용해 전기밥솥이나 압력솥에 안친다.

미역국을 끓일 때 주의할 점은 미역의 양이다. 미역은 건조되어 있어 처음 미역국을 끓이는 사람이면 양을 맞추기 쉽지 않다. 보통 손바닥 크기 정도로 잘라 물에 담그면 4인 가족이 한 끼를 먹을 수 있는 양이 된다.

미역의 질도 중요하다. 미역국에서 제일 중요한 것이 미역이니, 품질이 좋은 미역을 끓이면 그만큼 맛이 좋다. 미역의 품질은 결국 가격이다. 비싼 미역은 가격이 부담되지만 끓이면 맛이 좋다.

미역을 20분 정도 물에 불린 뒤 잘 씻어 냄비에 넣어 참기름을 넣고 볶아준다. 이때 소고기가 있으면 넣고 같이 볶아주면 좋다. 고기가 어느 정도 익으면 전날 쌀을 씻으면서 받아 둔 쌀뜨물을 넣고 센 불로 끓인다.

미역국이 끓으면 밥숟가락 기준으로 조선간장 두 스푼과 마늘 한 스푼을 넣어준다. 그 뒤 간은 소금을 넣으면서 맞추면 된다.

내가 끓이는 미역국은 일반적인 레시피와 좀 다르다. 보통 음식을 볶을 때는 들기름을 사용하는데, 나는 미역국을 끓일 때는 참기름을 사용한다.

마늘도 마찬가지다. 많은 사람이 미역국에는 보통 마늘을 넣지 않는 것으로 안다. 그런데 나는 엄마가 통마늘을 찧어 넣은 것을 보았기 때문에 그대로 따른다. 내가 마늘을 넣을 때 아내는 "미역국에 마늘을 넣는 것이 아니다"라고 말하며 나와 약간 실랑이를 벌였다. 논란 끝에 한번 넣어보고 이상하면 다음에 넣지 않는 것으로 합의를 봤다. 결론은? 마늘을 넣는 것이 더 맛있었다.

미역은 오래 끓이고, 여러 번 끓일수록 깊은 맛이 우러난다. 그래서 양을 조금 많이 한 뒤 두 끼나 세 끼 정도를 먹으면 정말 맛있는 미역국을 맛볼 수 있다.

내 미역국 솜씨는 어떤 평가를 받을까? 소고기를 넣지 않고 끓여도 아이들은 "엄마가 끓인 미역국보다 맛있다"고 한다. 아내의 평가도 같다.

미역국에는 소고기를 넣지 않고 홍합 말린 것을 넣어서 끓여도 좋다.

비록 흰쌀밥과 미역국으로 간소하게 생일상을 차리지만 아내는 만족해한다.

① 미역과 소고기(또는 홍합), 참기름, 쌀뜨물, 조선간장, 다진 마늘, 소금 등을 준비한다.

② 미역은 손바닥 크기(10㎝×15㎝)로 잘라 물에 20분 정도 불린다.

③ 미역이 다 풀어졌으면 잘 씻고 냄비에 넣는다.

④ 참기름을 넣고 소고기와 미역을 볶아준다. 소고기가 없으면 미역만 볶아줘도 된다. 볶는 시간은 소고기와 미역이 살짝 익을 정도인 5~7분 정도.

⑤ 쌀뜨물을 붓고 센 불로 끓인다.

⑥ 국이 끓으면 밥숟가락 기준으로 조선간장 2스푼과 마늘 1스푼을 넣어준다.

⑦ 간은 소금으로 맞춘다.

⑧ 미역국은 오래, 그리고 여러 번 끓일수록 깊은 맛이 난다.

콩나물국

콩나물국, 가장 대표적인 국이다. 콩나물국은 해장용으로도 좋고, 냉국처럼 여름에 차게 해서 먹어도 좋다.

콩나물국이 우리 식탁에 자주 올라오는 것은 콩나물이 그만큼 흔하기 때문이다. 어릴 때 엄마 심부름으로 시장에 가서 콩나물을 사면 아주머니는 적은 돈을 받고도 봉지 한가득 담아주셨다. 엄마는 콩나물로 국을 끓이시고 나물로도 무치셨다. 도시락 반찬 역시 콩나물 무침이었다. 그만큼 가성비가 좋았다.

사실 콩나물은 농촌에서 집집마다 길러 먹을 정도로 흔했다. 나 역시 어릴 때 외갓집에 가면 항상 시루에 콩나물이 한가득 자라는 장면을 목격하곤 했다.

서울에서도 콩나물은 흔했다. 우리 동네에서 멀지 않는 곳에도 콩나물 공장이 있었다. 공장이라고 하기에 그렇지만, 콩나물을 대량으로 길러 시장에 내다 파는 집이었다. 콩나물은 햇빛을 받으면 초록색으로 변한다. 그 집 지하실에는 콩나물 단지가 널려 있어 제법 공장의 본새가 났다. 시장보다 거리가 좀 멀었지만, 그곳에 가면 같은 값으로 훨씬 많은 콩나물을 살 수 있어 좋았다.

하지만 그 집 콩나물을 과연 믿고 먹을 수 있을지는 의문이었다. 콩나물은 주기적으로 몇 년에 한 번씩은 신문과 방송에서 주요 뉴스로 다뤄졌다. 농약이 허용 기준치를 넘는다거나, 양잿물이 들어갔다는 소식이 전해지면 종종 '콩나물 파동'이 일어났다. 그때마다 콩나물 상인들은 직격탄을 맞아 울상이 되곤 했고, 일부 가정에서는 콩나물을 아예 길러 먹는 사례도 비일비재했다.

콩나물 품질을 둘러싼 논란 때문에 나도 몇 년 전 콩나물시루를 하나 장만했다. 인터넷을 통해 콩나물시루를 검색한 뒤 천연 유약을 바른 옹기 제품으로 신중히 골랐다. 시루는 본체와 수반, 받침목으로 구성되어 있는데, 관상용으로도 그만이었다.

콩나물시루를 장만하고 콩을 사서 직접 물을 주고 길러 봤다. 며칠 만에 싹이 트면서 콩나물로 자라났다. 아이들도 콩나물이 자라는 모습을 보고 매우 좋아했다.

그러나 시루 속에서 자라는 콩나물은 너무 '연약'했다. 콩나물 몸통이 마치 실파처럼 가늘었다. 내가 재배한 콩나물을 보면서 갑자기 외갓집 콩나물이 생각났다. 외할머니는 가끔 콩나물에 짚단을 태운 재를 뿌려주셨는데, 지금 생각하니 일종의 비료였던 것 같다.

콩나물 줄기가 시원치 않으니 국을 끓여도, 무쳐봐도 씹는 맛이 별로 없었다. 우리는 다만 건강한 콩나물을 먹을 수 있다는 안도감을 위안거리로 삼았다. 재배업자들이 상품성 있는 튼실한 콩나물을 키우기 위해 성장촉진제나 농약 등을 사용하는 게 분명하다는 확신은 그래서 더욱 커지게 되었다.

요즘 마트 콩나물 코너에 가보면 무농약 콩나물이나 국산콩으로 만든 콩나물 등 다양한 제품이 나온다. 씻을 필요도 없이 세척한 콩나물도 봉지에 담아 판다. 참 편리한 세상이다.

콩나물국을 끓일 때 육수는 필수다. 보통 멸치 육수를 사용하지만 나는 약간 비린 맛도 날 수 있어 새우 육수를 사용한다. 새우 육수는 다시마에 새우를 넣고 끓이면 된다.

육수에 콩나물을 넣고 끓일 때 주의할 점은 뚜껑을 열고 콩나물을 넣었으면 뚜껑을 닫지 말아야 한다. 뚜껑을 닫고 콩나물을 끓였으면 콩나물이 익을 때까지 열지 말아야 한다. 그렇지 않으면 콩나물 비린내가 날 수 있기 때문이다.

육수를 내지 않고도 간단하게 콩나물과 새우를 함께 넣고 끓여도 된다. 콩나물에 바지락 등 조개류를 넣기도 한다.

콩나물이 끓으면 마늘과 대파를 넣고 소금으로 간을 맞추면 된다. 기호에 따라 고춧가루를 넣기도 하고 안 넣기도 한다.

recipe

① 콩나물과 멸치 육수, 다진 마늘, 대파, 소금 등을 준비한다.

② 멸치 육수에 잘 씻은 콩나물 한 봉지를 넣는다.

③ 멸치 육수가 없는 경우 냄비에 중간쯤 물을 채우고 콩나물과 함께 다시마와 새우를 넣고 끓여도 된다.

④ 콩나물을 한소끔 끓인다. 이때 뚜껑을 닫지 말아야 한다. 뚜껑을 닫았다가 열면 콩나물 비린내가 난다.

⑤ 10여 분 후 콩나물이 익으면 밥숟가락 기준 마늘 1스푼과 대파를 어슷하게 썰어 넣는다.

⑥ 간은 소금으로 맞추고, 고춧가루는 기호에 따라 넣거나 빼면 된다.

소고기
뭇국

나는 국을 사랑한다. 앞에서도 서술했듯이 최근까지 밥을 먹을 때 꼭 국이 있어야 한다고 생각했다. 하지만 아내는 국을 거의 먹지 않는다. 같은 식탁에서도 나는 밥과 국, 반찬을 먹지만 아내는 밥과 반찬만 먹는다. 아이들도 아내를 닮아서 그런지 국을 선호하지 않는다.

국을 싫어하지만 아내가 먹는 국이 있다. 생일 때 먹는 미역국과 소고기 뭇국이다. 여기에 공통점이 있다. 바로 국에 소고기가 들어간다는 점이다.

어떤 사람은 물에 빠진 고기는 먹지 않는다고 하지만 아내는 소고기 뭇국이 '특별한 음식'이라고 생각한다. 아내는 뭇국이나 감잣국, 콩나물국 등은

굳이 육수를 내서 끓여 먹고 싶지 않다고 한다. '스페셜'하지 않으니까.

사실 소고기는 특별한 요리 재료다. 불과 30~40년 전까지만 하더라도 소고기는 너무도 귀했다. 서민들은 기껏해야 제사를 지내고 먹을 수 있는 음식이었다. 더욱이 소고기를 먹는다 해도 너무 질겨 잘 씹히지 않을 정도였다. 비싸니 안심 등 고급 부위를 살 수 없고 힘줄이 많은 저급 부위를 사서 음식을 만들었기 때문이다.

북한 김일성 주석이 인민들에게 '이밥에 고깃국'을 배불리 먹여주겠다고 한 그 고깃국이 소고기국이다.

소고기국에 무를 넣는 것은 무의 시원한 맛을 감안한 것이겠지만, 그보다는 우리 모두가 어렵게 살던 시절 국의 양을 불리고자 하는 심산의 발로라고 할 수 있다. 그러나 습관적으로 소고기에 무를 넣고 끓이면서 소고기 뭇국은 하나의 국이 됐다.

소고기 뭇국은 육수를 내지 않고 끓이는 국이다. 소고기 자체가 좋은 육수 재료이기 때문이다. 보통 마트에서는 깍둑썰기를 해놓은 우둔살을 국거리로 팔지만 뭇국을 끓이려면 양지나 사태를 선택하는 것이 좋다.

소고기 뭇국은 깍둑썰기한 소고기를 무와 함께 참기름에 볶은 뒤 다시마 한 장을 넣고 한소끔 끓인다. 조선간장 2~3스푼을 넣은 뒤 마늘과 대파를 넣고 간은 소금으로 맞춘다. 다시 끓이면 소고기 뭇국이 완성된다.

① 소고기(양지나 사태) 200g, 무, 다시마(10×15㎝), 참기름, 다진 마늘, 조
   선간장, 대파, 소금 등을 준비한다.

② 소고기를 깍둑썰기 해놓고, 무 반 개는 나박김치처럼 얄팍썰기를 해둔다.

③ 냄비에 소고기와 무를 참기름으로 볶은 뒤 다시마를 넣고 물을 반 정도 부은
   뒤 끓인다.

④ 한소끔 끓은 뒤 밥숟가락 기준으로 조선간장 2~3스푼과 마늘 1스푼, 대파를
   어슷하게 썰어 넣는다. 다시마는 빼도 좋다.

북엇국

아버지는 술을 한 잔도 못 드셨다. 술을 한 잔만 마셔도 온몸이 붉어지면서 호흡이 빨라져서 평생 술을 입에 안 대셨다.

그런데도 엄마는 해장국인 북엇국을 1주일에 한 번쯤은 끓이셨다. 아마 국을 좋아하는 나를 배려하신 것 같다.

엄마는 오징어국, 오이냉국, 토란국, 아욱국, 근대국, 조개탕 등 계절마다 다른 국을 끓이셨다. 그래도 자주 끓이신 국은 콩나물국과 감잣국, 북엇국, 두붓국 등 재료를 쉽게 구할 수 있는 것들이었다.

북엇국은 다른 국에 비해 손이 좀 많이 간다. 엄마는 통북어를 절구 방망

이로 두드려서 껍질을 벗기고 뼈와 가시를 발라내셨다. 그 뒤 살을 찢어서 물에 불린 다음 참기름에 볶다 쌀뜨물 등을 넣고 뽀얗게 국물이 우러날 때까지 끓이셨다.

  북엇국은 북어 자체만 넣고 끓여도 되고 두부를 넣어도 좋다. 어떤 경우에는 북엇국에 나박나박 썬 무를 넣기도 한다.

① 마른 황태채와 쌀뜨물을 준비한다.

② 황태채를 물에 불린 뒤 짜서 냄비에 담아 참기름에 볶는다.

③ 쌀뜨물을 넣고 한소끔 끓인다. 밥숟가락 기준으로 마늘 1스푼과 조선간장 2스푼, 어슷하게 썬 대파를 넣는다. 간은 소금이나 새우젓으로 하면 된다.

④ 두부나 나박김치처럼 얄팍썰기한 무 등을 넣고 끓여도 좋다.

# 찌개,
## 그 안에 담긴 훈훈한 인정

찌개는 조금 독특한 음식이다. 국에는 끼지 못하면서 완전한 반찬이라고 부르기에는 조금 어색하다. 국과 반찬의 중간 음식이랄까.

게다가 여러 사람들이 함께 숟가락을 꽂으면서 먹는 음식이다. 이런 이유로 우리에게는 관계를 돈독하게 하는 '화합의 음식'으로 여겨질 수 있다. 하지만 외국 사람들에게는 비위생적으로 보이는 음식이기도 하다. 식탁에 앉은 여러 사람들이 자신의 입속에 들어갔다 나온 숟가락을 다시 그릇에 넣고 국물을 떠먹는다는 게 그들로서는 황당하게 받아들여질 법하다.

특히 청결을 강조하는 일본 사람들에게는 찌개류가 혐오 식품이 될 수도 있다. 나도 일본 사람들과 같이 식사하면서 찌개를 먹을 때 그들의 불편한 시선을 많이 느꼈다. 일본 사람들은 반찬은 같이 먹더라도 절대로 자신의 수저를 찌개에 넣지 않았다.

외국 사람한테는 이상한 음식으로 보일 수 있지만 우리나라 사람들의 찌개 사랑은 식을 줄 모른다. 반찬 없이 찌개만 있어도 밥 한 공기를 뚝딱 해치울 수 있고, 주머니 가벼운 서민들에게는 찌개 하나만 놓고도 술을 마실 수 있다. 고마운 음식 아닌가.

된장찌개

엄마는 매년 봄이 되면 된장을 담그셨다. 엄마는 손 없는 날을 꼽아 "장 담그러 간다"고 내게 전화하셨다. 당시 우리 집은 옥상이 넓어 장을 담그기에 그만이었다. 나는 전날 항아리를 닦아서 말린 뒤 볏짚이나 종이를 태워 연기로 항아리를 소독해뒀다.

장 담그기는 의외로 쉽다. 예전에는 메주콩을 쑤어 사각 모양을 만들어 골방 등에서 띄워야 했기에 많은 시간과 노력이 들어갔다. 하지만 요즘에는 메주를 사서 담근다.

장 담그기는 물과 간수를 뺀 소금, 메주, 숯, 말린 빨간 고추 등만 있으면 된다. 우선 함지박에 물을 담아 계란이 뜰 정도로 소금을 풀어 항아리에 넣고 메주를 담아 소독한 돌로 눌러주면 된다. 뚜껑을 닫기 전 숯과 말린 고추를 넣어준다. 그 뒤 한 달 정도 지나 메주가 물러지면 장 가르기를 해준다. 메주를 다른 항아리에 담아 숙성시키면 된장이 되고, 메주 뺀 물을 끓여주면 조선간장이 된다.

'구더기 무서워 장 못 담글까'라는 속담이 있다. 성가신 일이 있어도 할 일은 한다는 뜻이지만 된장을 담글 때 구더기는 정말 무섭다.

어머니가 돌아가시기 전 마지막으로 담근 된장은 정말 맛있었다. 장독을 지날 때 구수한 된장 냄새가 풍길 정도였다. 파리들이 냄새를 맡고 모여들었지만 뚜껑이 닫혀 있으니 항아리 주위만 맴돌았다. 그러던 어느 날 뚜껑을 열고 된장을 그릇에 담고 있는데 파리 한 마리가 지나갔다. 별일 없을 줄 알았는데, 며칠 뒤 항아리 뚜껑을 열었을 때 나도 모르게 "오 마이 갓(Oh, My God)!"을 외쳤다. 그 짧은 순간을 놓치지 않고 파리가 알을 까놓았는지 항아리에서 구더기들이 스멀스멀 기어 나왔다.

이때부터 구더기와의 전쟁이 시작됐다. 구더기를 모두 잡은 뒤 소금을 된장 위에 수북이 덮고 항아리 뚜껑을 닫았지만 또다시 구더기들은 기어 나왔다.

구더기들이 항아리에 살면서 된장 맛이 시큼하게 변했다. 나는 매실 5kg을 사서 된장 사이사이에 집어넣었다. 신맛은 잡혔지만 구더기는 좀처럼 없어지지 않았다.

결국 구더기와의 전쟁은 상도동 주택에서 고덕동 아파트로 이사 오면서 막을 내렸다. 나는 된장 항아리에서 구더기가 알을 낳을 만한 5cm 두께의 된장을 걷어내고 플라스틱 통에 담아 옮겼다. 다행스럽게 구더기는 안 나와 지금도 이 된장을 맛있게 먹고 있다.

내년쯤이면 엄마가 담가주신 마지막 된장이 떨어진다. 사실 벌써부터 걱정된다. 담가 먹어야 할지 사 먹어야 할지….

아내가 된장국이나 된장찌개를 끓일 때면 항상 엄마가 생각난다. 엄마, 된장 감사히 잘 먹고 있습니다!

우리나라의 대표 음식인 된장찌개는 끓이기 쉽다. 멸치 육수나 쌀뜨물에 밥숟가락으로 된장 2~3스푼을 풀어 애호박과 감자를 넣고 한소끔 끓인 뒤 두부와 마늘 한 스푼을 넣고 어슷하게 썬 대파와 청양고추를 넣으면 된다.

된장찌개를 어디에 끓여야 할까? 뚝배기에 보글보글 끓여야 제맛이 나지만 냄비에 끓여도 좋다. 이보다 더 중요한 것이 된장이다. 모든 음식이 그러하듯이 재료가 좋으면 맛도 좋은 법이다. 된장찌개의 핵심은 '된장'이다. 그래서 된장만 맛있으면 된장찌개에 소고기나 조개, 오징어 등 첨가물을 넣지 않아도 맛있게 먹을 수 있다.

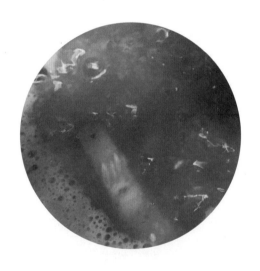

① 멸치 육수나 쌀뜨물, 된장 2~3스푼, 애호박 반 개, 감자 반 개, 두부 반 모, 마늘 1스푼, 청양고추 1개, 대파 반 뿌리를 준비한다.

② 육수에 된장을 풀어 애호박과 감자를 넣고 한소끔 끓인 뒤 거품을 걷어내고 두부를 넣는다.

③ 고춧가루, 마늘 1스푼, 어슷하게 썬 대파와 청양고추 등을 양념으로 넣는다.

④ 소고기나 조개, 오징어 등 해물을 넣으면 좋다.

김치찌개

나는 해외 출장을 다녀오면 꼭 먹는 음식이 있다. 김치찌개다. 1주일 정도 외국 음식을 먹다 보면 느끼하고 뭔가 허전함을 느낀다. 비록 출장 중 한국 음식점에 들려 삼겹살과 함께 된장찌개나 김치찌개를 한두 번쯤 먹는다고 해도 집에서 먹는 김치찌개에 비견할 수 없다.

그래서 난 공항에 도착하면 꼭 집에 전화를 걸어 아내에게 김치찌개를 주문한다. 공항버스나 전철을 타고 집으로 향하며 김치찌개 맛을 상상하다 보면 절로 엔돌핀이 치솟는다.

보통 김치찌개는 비계가 많은 돼지고기 부위를 두껍게 썰어 끓이지만 우리 엄마는 항상 돼지 갈빗살이나 등갈비로 끓이셨다. 내가 비계를 싫어했기 때문이다. 그래서 아내나 내가 김치찌개를 끓일 때도 갈빗살이나 등갈비를 고집한다.

장맛이 그 집의 음식 맛을 결정하듯 김치가 맛있으면 당연히 김치찌개가 일품이 된다. 특히 11월쯤 김장을 한 뒤 다음 해 3월 이후 잘 익은 김장 김치를 넣어서 끓이는 김치찌개는 정말 맛있다.

우리 집에서 끓이는 김치찌개는 우선 등갈비를 물에 담아 핏물을 빼는 것으로 시작된다. 1~2시간 핏물을 뺀 등갈비를 한 번 삶아 낸다. 등갈비가 식으면 기름기를 떼어내고 고춧가루와 마늘, 생강 등으로 버무려놓는다. 그러는 사이 멸치 육수도 내서 준비한다.

양념한 등갈비를 김치 반 포기와 같이 넣고 육수를 첨가해 센 불에 끓인다. 등갈비를 넣은 김치찌개는 오래 끓일수록 맛이 깊어진다. 김치찌개가 충분히 끓으면 대파를 어슷하게 썰어 넣는다. 다른 집과 달리 우리 집 김치찌개에는 두부를 넣지 않는다.

어떻게 먹으면 더 맛있을까? 포기째 넣은 김치를 대가리만 잘라 등갈비 살점에 싸서 먹으면 정말 둘이 먹다 하나가 죽어도 모를 맛이다. 여기에 반주를 한 잔 걸치면 세상 부러울 것이 없어진다.

## recipe

① 등갈비 600g과 멸치 육수, 고춧가루, 다진 마늘, 생강 등을 준비한다.

② 등갈비를 물에 담가 1~2시간 피를 뺀다. 피를 뺀 등갈비를 한 번 끓인다.

③ 등갈비가 식으면 기름기를 떼어내고 참기름과 고춧가루, 마늘, 생강 등으로
   버무려놓는다.

④ 양념한 등갈비를 김치 반 포기를 넣고 육수를 첨가해 센 불에 끓인다. 등갈비
   를 넣은 김치찌개는 오래 끓일수록 맛이 깊어진다.

⑤ 찌개가 충분히 끓으면 어슷하게 썬 대파를 넣는다.

순두부
찌개

오전 7시쯤 '땡그랑, 땡그랑' 소리가 담 너머 멀리서 들리면 부엌에서 아침밥을 준비하던 엄마는 "진호야, 순두부장수 오신다. 순두부 좀 사 와라"라며 양푼을 건네셨다.

집 밖에 나서면 순두부장수 아저씨가 손수레를 끌고 동네 어귀로 들어오는 모습이 보였다. 동네 아줌마들도 그릇을 들고 나와 순두부장수 아저씨 주위는 어느 새 시장바닥처럼 왁자지껄해진다. 순두부아저씨는 항아리를 열고 김이 모락모락 피어나는 순두부를 한두 국자 퍼주었다.

순두부 아저씨가 동네에 오는 날은 집집마다 아침상이 똑같아진다. 순두부에 김치, 반찬 몇 가지. 엄마는 순두부를 그냥 내놓지 않고 멸치로 낸 육수를 살짝 넣어 한 번 더 끓이셨다. 양념간장에도 육수를 넣고 간장, 다진 마늘, 쪽파, 고춧가루를 섞어 감칠맛이 났다. 하얀 순두부에 간장을 넣어서 먹으면 순두부 고유의 맛을 느낄 수 있어 좋았다.

순두부찌개는 직장인에게 인기 메뉴다. 뚝배기에 팔팔 끓여 나오는 순두부는 식욕을 자극한다. 요즘은 보통 순두부찌개에 고춧가루를 넣고 끓여 순두부의 심심한 맛보다는 맵고 강한 맛이 난다.

## recipe

① 순두부 한 봉지와 멸치 육수, 다시마, 소금, 조림간장을 준비한다.

② 순두부 고유의 맛을 즐기려면 양념간장을 만들어야 한다. 육수에 간장, 다진 마늘, 쪽파, 고춧가루를 잘 섞는다. 육수를 내고 남은 다시마 한 조각을 넣어 주면 끈적한 다시마가 양념간장에 배어 감칠맛이 배가된다.

③ 뚝배기나 냄비에 순두부 반 봉지를 육수와 함께 한소끔 끓인다. 하얀 순두부 국을 원하면 이를 그릇에 담아 양념간장을 넣고 먹으면 된다.

④ 빨간 순두부찌개를 원하면 한소끔 끓인 냄비에 계란을 넣고 고춧가루와 마늘 반 스푼, 어슷하게 썬 대파를 넣고 끓여준다. 오징어나 조개 등 해물을 넣어주면 좋다.

6

# 명절 음식을
# 아내와 함께

추석과 설이 되면 전국 거의 모든 집에서 불화의 목소리가 터져 나온다. 시댁에 가서 쪼그리고 앉아 음식 하기 싫다며 투덜대는 아내, 이를 못마땅해하며 아내의 심사를 뒤흔드는 남편. 단순한 신경전이 아니라 부부싸움을 거하게 한판 벌이다 이혼까지 하는 집안도 종종 볼 수 있다. 오죽하면 명절 소리만 들어도 두통을 호소하는 주부들이 있을까?

남편들이라고 편할까? 아내가 시댁에 가는 것을 싫어하니 맘이 편할 리 없다. 명절 때가 되면 극도로 민감해지고 자주 짜증을 내는 아내의 눈치를 보는 것도 고역이다. 그래도 어떻게든 아내를 데리고 부모님을 뵈러 가야 한다. 그렇지 않으면 부모님이 섭섭해하는 것은 물론 자식 부부의 불화를 지레 걱정하며 불안해하실 게 뻔하기 때문이다. 통계에 의하면, 성인남녀 10명 가운데 6명이 넘게 명절 증후군을 앓는다. 결코 예삿일이 아닌 것은 분명하다.

이 땅의 여성들이 매년 두 차례 앓고 있는 명절 증후군은 그들만의 중노동에 있다. 남자들은 오랜만에 가족을 본다는 설렘으로 명절이 기다려진다, 하지만 여자들은 자신과 혈연은 없지만 오로지 남편 때문에 엮여 있는 시댁의 제사와 제사 후 가족 및 친척 모

임을 치다꺼리하느라 고통의 시간을 보내야 한다. 여자들이 제일 꼴 보기 싫은 모습은 자신은 죽도록 일하는데, 남편은 시댁 식구들과 함께 웃고 떠들며 음식을 먹는 모습이라고 하지 않는가. 시대가 바뀌고 있는데도, 집안일은 여자가 해야 한다는 전근대적인 사고방식이 수많은 집안에서 여전히 유효하다. 며느리로서는 피한 방울 섞이지 않은 자신에게만 일을 강요하는 불합리에 화가 솟구친다. 특히 맞벌이 여성들의 불만은 폭발 직전의 다이너마이트와 같다. 자신도 쉬어야 하는 마당에 시댁에서 시달리고 나면 심신이 피폐해져 남편을 보는 눈이 불편해지는 것은 불문가지다.

## 아내를 명절의 고통에서 해방시키자

아재들이여! 이제 집안사람들 눈치를 보더라도 아내를 명절 증후군에서 해방시키고자 노력하자. 당신의 이런 변화는 그 자체만으로 아내를 감동시켜 앞으로의 삶을 몰라보게 바꿔놓을 것이다. 그 방법론은 요리에서 찾자. 전을 부치고 갈비찜을 하느라 허덕이는 아내의 일을 남편이 쓱싹 해낸다면 이런 남편을 마다할 아내가 어디 있겠는가. 지금부터 명절날에 필요한 생존요리를 다뤄보겠다.

전술(前述)했듯이, 나는 삼형제 중 막내라 명절에 일하는 것을 자연스럽게 여겼다. 엄마와 함께 장을 봤고, 쪽파와 대파 등을 다 듬었으며, 엄마가 반죽하면 나는 동그랑땡을 만들었다.

엄마는 사실 장가든 이후에 내가 음식 만드는 것을 탐탁지 않게 여기셨다. 엄마는 세 며느리와 제수음식을 장만하면 된다고 생각하셨다. 그렇지만 나는 뭐라도 도와드렸다. 아내가 시어머니 앞에서 숨도 크게 못 쉬고 쪼그려 앉아 음식을 만든 뒤 너무도 힘들어하는 모습이 안쓰러웠고, 일을 할 줄 아는 내가 쉬면서 엄마와 형수, 아내가 일하는 것을 보자 편치 않았기 때문이다.

맞벌이 여성들이 제수 음식을 만들면서 내면에서 겪게 되는 고통을 나 스스로 절감한 적도 있다. 직장인에게는 명절 휴일이 그리 긴 게 아니다. 언론에 종사했던 나에게는 더욱 그랬다. 명절 하루 전 큰형 집에 가서 제수음식을 장만하고 집에 돌아오면 오후 11시쯤이 되고, 다음날 오전 7시쯤 다시 큰형 집에 가서 제사 지내고 오후에 처갓집에 간 뒤 다음 날 출근을 해야 했다. 내게는 명절이라도 정작 쉴 시간이 거의 없었다. 그래서 제수 음식을 만들 때 엄마께 "좀 더 빨리 음식을 만들었으면 좋겠다"며 재촉하곤 했다. 그래야 조금이라도 집에 돌아가 쉴 수 있었으니까.

그러나 내게 돌아온 건 엄마의 역정이었다. "야, 이놈아! 쉬엄쉬엄해야지 나도 그렇고 형수들이 힘들어하잖아." 이후로 다시는 엄마를 재촉하지 않았다. 나는 아들이라 엄마에게 말이라도 할 수 있었지만 전국의 며느리들 가운데 시어머니께 대놓고 말할 수 있는 사람은 별로 없으리라.

  엄마가 제수 음식을 장만할 때 이것저것 도와드린 것이 내가 요즘 아재 요리를 하는데 밑바탕이 됐다. 나는 엄마가 돌아가신 뒤 명절과 엄마의 기일에 제수 음식을 아내와 함께 장만한다. 큰 형네는 나물류와 떡 등을, 작은형네는 고기·과일류 등을 맡고, 우리 집은 전류(두부전, 호박전, 동태전, 동그랑땡, 산적)를 부친다.

  아내가 오전에 호박을 잘라놓고, 동태를 해동시켜놓고, 돼지 고기와 두부 등으로 동그랑땡 재료를 혼합해서 놓으면 나는 오후에 프라이팬에 올려놓고 부친다. 전류를 부치는 데 보통 2~3시간 정도 걸린다.

# 부치고 볶고

제사 음식을 만들 줄 알면 부침요리와 볶음요리는 마스터한 것이나 다름이 없다. 기름을 사용해 음식을 부치거나 볶아 가장 간단히 만들 수 있기 때문이다. 차이점은 부침요리에는 들기름을 사용하고, 볶음요리는 식용유로 볶는다는 점이다.

부침과 볶음요리의 기본은 계란프라이다. 프라이팬을 살짝 달군 뒤 기름을 두르고 계란을 깨서 넣으면 된다. 기호에 따라 완숙을 원하면 노른자를 깨고, 반숙을 좋아하면 그냥 두면 프라이가 완성된다. 간은 프라이팬에 계란을 깨서 넣을 때 소금을 노른자 위에 뿌리거나 프라이가 완성된 뒤 뿌려줘도 된다.

계란프라이는 어렵지 않지만 사실 내 주변에도 엄두를 못 내는 아재들이 상당수 있다. 노력도 하지 않고 지레 포기하는 탓이다.

계란프라이를 하다 조금 태우기도 하지만 몇 번 하다 보면 능숙하게 반숙과 완숙을 만들 수 있다. 관심을 갖고 계란프라이를 만들다 보면 '이런 것쯤이야'하는 자신감이 붙는다.

계란프라이를 능숙하게 만들면 부침과 볶음은 별 어려움 없이 할 수 있다.

주부들이 가장 선호하는 음식 재료는 계란과 두부다. 계란은 프라이나 계란

찜, 계란말이 등으로 쓰임새가 많다. 라면을 끓일 때도 계란 하나를 풀어주

면 맛이 달라진다.

밭에서 나는 소고기인 두부는 보다 유용하다. 반찬이 없을 때 두부 한 모

만 있어도 된장찌개나 고추장찌개를 끓이고, 두부조림을 해 먹을 수도 있

다. 그래서 계란과 두부는 냉장고의 필수품이다.

여름철이면 냉장고에 하나 추가되는 재료가 애호박이다. 지금이야 겨울

철에도 비닐하우스에서 재배되어 사시사철 밥상에 오르지만, 그래도 애호

박은 여름에 먹어야 제맛이다. 가을무처럼 애호박도 제철인 여름에 단맛이 깊다.

애호박은 새우젓하고 궁합이 잘 맞는다. 애호박을 편 썰어 새우젓과 함께 다진 마늘을 넣고 볶아주면 애호박 볶음이 되고, 채 썰어 볶아주면 국수의 고명이 된다. 애호박은 된장·고추장 등 찌개나 조림, 무침 등 쓰임새가 다양하다.

두부와 애호박으로 가장 간단히 해 먹을 수 있는 음식이 부침이다. 프라이팬에 들기름을 두르고 부쳐서 간장에 찍어 먹으면 훌륭한 반찬이 된다.

먼저 두부 부침을 해보겠다. 두부 한 모를 직사각형으로 썬 뒤 소금을 뿌려준다. 계란 하나를 깨서 노른자를 잘 풀어둔다.

계란 옷을 입힌 두부를 들기름을 두른 프라이팬에 올려놓는다. 앞뒤로 노릇하게 잘 익으면 꺼낸다.

애호박 부침은 두 가지로 만들 수 있다. 첫 번째는 애호박을 동글게 썰어 두부 부침처럼 부치는 것이다. 동글게 썬 애호박에 소금을 뿌려 간을 한 뒤 밀가루를 묻혀 계란에 담근다. 들기름을 두른 프라이팬에 계란 옷을 입힌 애호박을 올려 노릇하게 익히면 부침이 완성된다.

다른 방법은 부침개를 만들 듯이, 채 썬 애호박을 밀가루 반죽에 넣고 잘 섞은 후 식용유를 두른 프라이팬에 동글게 펴서 노릇하게 부치는 것이다.

나는 애호박의 단맛을 더 느끼기 위해 보통 동글게 썰어 부쳐 먹는다.

두부 부침과 애호박 부침은 양념장에 찍어 먹으면 좋다. 양념장은 양조간장에 다진 마늘과 참기름, 쪽파, 통깨를 넣고 다시마 한 쪽을 넣어주면 감칠맛이 배가된다.

recipe

① 두부 한 모, 애호박 1개, 계란 1~2개, 밀가루, 소금을 준비한다.

② 두부는 직사각형으로 자르고, 애호박은 동글게 썰어 소금을 뿌려 간을 맞춘다.

③ 계란을 깨 그릇에 담고 노른자와 흰자를 잘 섞어놓는다.

④ 두부는 바로 계란 그릇에 넣어 계란 옷을 입힌 뒤 들기름을 두른 프라이팬에 올려놓는다. 애호박은 밀가루를 앞뒤로 묻혀 계란 옷을 입힌 뒤 프라이팬에 올려 노릇하게 익힌다.

중·고등학교 때 가장 많이 싸간 도시락 반찬 가운데 하나가 멸치 볶음이다. 멸치가 싸니 엄마는 항상 반찬으로 멸치 볶음을 내놓으셨다.

멸치·꼴뚜기 볶음

희한한 것은 멸치 볶음은 그리 먹어도 물리지 않는다는 것이다. 올해 일흔인 내 손위 동서는 매일 아침 된장찌개에 멸치볶음을 드신다. 동서가 큰 병 없이 건강을 유지하는 비결이 그런 아침식사에 있다는 생각이 든다.

내가 가장 좋아하는 것은 꼴뚜기 볶음이다. 꼴뚜기는 제철인 4~5월에 회로 먹어도 좋지만, 볶아서 먹어도 좋다. 볶은 꼴뚜기는 씹을수록 단맛이 난다.

나는 꼴뚜기 볶음을 좋아하지만 아내는 꼴뚜기가 씹을 때 딱딱하다고 해서 멸치 볶음을 더 좋아한다. 멸치도 나는 잔멸치 볶음을 좋아하는데 아내는 중멸치 볶음을 선호한다.

멸치와 꼴뚜기는 볶는 과정이 같지만 딱 한 가지가 다르다. 꼴뚜기는 10여 분간 물에 불렸다가 짜서 볶아주어야 딱딱한 맛을 좀 잡을 수 있다.

볶는 과정은 다음과 같다. 멸치와 꼴뚜기를 식용유를 넣고 웍이나 프라이팬에서 볶는다. 밥숟가락 기준으로 다진 마늘 한 스푼을 넣는다.

잔멸치를 볶을 때는 잣이나 호두 등 견과를 넣고, 중멸치는 꽈리고추를 넣고 볶아주면 좋다. 고추나 견과류가 없으면 멸치만 볶아줘도 된다. 청양고추 1~2개 정도를 어슷하게 썰어 넣어줘도 좋다.

주의할 점은 간장과 매실액을 넣는 순서다. 멸치와 꼴뚜기가 어느 정도 볶아지면 마지막에 양조간장 1~2스푼과 매실액 2~3스푼을 넣어준다. 처음부터 매실액과 간장을 넣으면 멸치나 꼴뚜기가 엉겨 붙으면서 타버린다. 매실액이 없으면 올리고당 등을 넣어주면 된다.

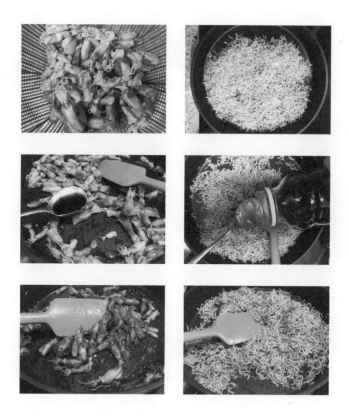

recipe

① 멸치나 꼴뚜기, 식용유, 다진 마늘, 조림간장, 매실액 등을 준비한다.

② 멸치를 웍이나 프라이팬에 넣고 식용유로 볶는다. 꼴뚜기는 10여 분간 물에 불려 물기를 짠 뒤 볶는다.

③ 밥숟가락 기준 다진 마늘 1스푼을 넣는다. 잔멸치는 견과류를, 중멸치는 꽈리고추를 넣어주면 좋다. 청양고추 1~2개 정도를 어슷하게 썰어 넣어줘도 좋다.

④ 간장 1~2스푼과 매실액 2~3스푼을 마지막에 넣어준다.

감자채
볶음

나는 어릴 때 자주 체했다. 조금 급하게 밥을 먹으면 어김없이 체했고, 겨울
철 밖에서 뛰어놀다 들어와 밥을 먹어도 체했다.

특히 감자와 고구마는 조금만 먹어도 얹혔다. 엄마는 체한다며 천천히 먹
으라고 하셨다. 그러면서 감자를 내놓을 때는 소금을 찍어 먹고, 고구마는
김치와 함께 먹으면 체하지 않는다고 말씀하셨다. 나는 엄마 말을 따라 했지만
그래도 체했다. 한두 번 체하게 되면서 나는 감자와 고구마를 멀리했다.

그러나 감자를 반찬으로 먹으면 희한하게도 체하지 않았다. 감자요리는
정말 다양하다. 감자국을 시작으로 감자볶음, 감자튀김, 감자전, 감자샐러

드 등 수없이 이어진다.

내가 가장 좋아하는 감자요리는 감자채 볶음이다. 감자를 까서 채를 썰어 기름 두른 프라이팬에 볶아주면 된다. 감자철인 6월부터 10월까지 감자채 볶음만 있으면 밥 한 공기는 정말 뚝딱하고 먹을 수 있다.

## recipe

① 감자 2~3개와 다진 마늘, 식용유, 소금 등을 준비한다.

② 감자를 잘 씻어 야채 필러(Peeler)로 껍질을 벗겨내고 채칼이나 칼로 채를 썬다.

③ 프라이팬에 식용유를 두르고 채 썬 감자를 넣어 볶다가 다진 마늘을 넣는다. 감자만 볶아도 좋고, 부재료로 햄이나 피망 등을 채 썰어 넣어도 좋다. 소금을 뿌려 간을 맞춘다.

④ 완성되면 통깨나 후추를 뿌려주면 좋다.

# 7

# 요리의 무한 진화,
# 어떤 음식도 '척척'

주방에서 제법 손을 놀릴 수 있게 되면 한 번도 다뤄보지 않았던 음식을 척척 만들어내는 경우가 있다. 어느새 응용 역량까지 생기게 된 것이다. 나에게는 충무김밥용 깍두기가 그렇다. 이 깍두기는 신맛이 나면서 네모 모양의 깍둑썰기를 하는 게 아니라 무를 위에서 돌려가며 썰기를 해야 하기 때문에 보통 깍두기와는 다르다.

내가 생소했던 충무김밥용 깍두기의 제조법을 저절로 터득한 이유는 무로 깍두기나 생채를 만들 수 있기 때문이다. 충무김밥용 깍두기를 담글 때는 보통 깍두기와 달리 소금과 함께 식초 반 컵 정도를 넣고 절인다는 점이다. 써는 방법은 이미 설명했듯이, 무를 돌려 썰면 된다. 버무리는 것은 일반적으로 김치 담글 때와 같이 고춧가루, 액젓, 새우젓, 마늘, 생강, 대파 등을 넣고 하면 된다.

나무가 자랄 때 가지가 무성하면 가지치기를 해준다. 그러나 요리는 반대다. 하나의 요리를 만들게 되면 이런저런 요리를 할 수 있다. 하나의 재료를 가지고 변형할 수 있기 때문이다. 김치찌개를 끓였다면 된장찌개와 청국장찌개 등을 끓일 수 있다. 세 가지 요리의 공통적인 요소는 육수로 멸치 육수나 쌀뜨물을 사용하고, 마늘과 파, 조선간장 등을 양념으로 사용한다는 점이다. 또한 이들 찌개에 꼭 들어가야 하는 것이 두부다.

다른 점은 김치찌개에는 김치와 돼지고기가 주재료가 되고, 된장찌개는 된장을, 청국장찌개는 청국장을 사용한다는 것이다.

무를 가지고 할 수 있는 요리는 깍두기 이외에 무나물과 소고기 뭇국 등 다양하다. 콩나물을 가지고도 콩나물국에 콩나물무침, 콩나물밥, 콩나물라면 등을 만들 수 있다.

이렇듯 어느 정도 기본을 익히면 자기가 만들 수 있는 요리를 얼마든지 늘려나갈 수 있다. 마치 여름철 나뭇가지가 쭉쭉 뻗어나가듯이. 요리는 창의적인 작업이다. 기본만 지킨다면 꼭 레시피대로 하지 않아도 되고, 한두 가지 재료가 빠지더라도 맛에 큰 변화가 없다.

아재들이 요리를 어려워하는 것은 해보지도 않고 '요리는 어려운 것'이라고 예단하는 탓이다. 처음에는 설령 맛이 없더라도 몇 번 실패를 통해 음식을 만들다 보면 자연스럽게 실력이 늘게 된다. 그러면 요리의 가지 뻗기도 왕성해질 것이다.

아재들! 실패를 두려워 말라. 도전하는 자만이 결실을 챙길 수 있다.

# 손이 많이 가는
# 나물요리

우리나라 밥상과 서양 밥상의 가장 큰 차이는 반찬이다. 같은 동양권이지만 중국이나 일본의 밥상과도 다르다. 우리 밥상은 반찬이 기본이지만 다른 나라에는 반찬이 없거나 많아야 서너 가지에 불과하다.

우리의 식문화는 반찬 인심이 아주 후하다. 우리는 식당에서 반찬이 떨어지면 "이모! 반찬 더 주세요"라고 당당히 외친다. 일본이나 중국에서는 엄두도 못 낼 일이다. 일본에서는 반찬을 더 달라고 하면 추가 요금을 내야 한다. 중국인들은 돈을 더 물게 될까 두려워 반찬이 많은 한국 음식을 꺼린다고 한다.

한정식의 경우 많게는 30가지 반찬이 올라온다. 반찬 가운데 가장 스펙트럼이 넓은 것이 나물이다. 나물은 참나물, 두릅과 같이 산이나 들에서 채취한 것뿐 아니라 콩나물, 시금치 등과 같이 다양한 채소를 재료로 쓴다. 서울 근처의 한 한정식 집에서는 김치와 찌개를 제외하고 나물 15가지로 꾸민 한 상을 떡하니 차려준다. 가격도 1만 4천 원으로 적당해 손님이 인산인해를 이룬다.

만들기에 간단할 것 같지만 가장 손이 많이 가는 것이 나물이다. 우선 다듬어 씻은 뒤 데치거나 볶아야 한다. 데친 뒤에는 손으로 짜야 하는 것도 있다. 악력이 약한 여자들로서는 버거운 일이다.

관절염으로 고생하신 엄마는 시금치나 고사리 등을 삶아 물기를 짤 때 꼭 막내인 나를 부르셨다. 요즘도 나는 아내의 요청에 따라 가끔씩 나물을 짠다. 나물을 짤 때면 종종 자책감을 갖게 된다. 남자인 나도 양손 가운데 나물을 넣고 짤 때 힘들어 쩔쩔매는데, 엄마나 아내는 얼마나 힘들었을까?

음식을 할 줄 모르고 먹기만 하는 남자들은 이런 여인들의 고통을 모른다. 실제로 내 친구의 신혼 때 이야기다. 어느 날 친구 부인이 친구에게 무엇을 좋아하는지를 물어봤다고 한다. 그 친구는 스스럼없이 "간단하게 만드는 나물"이라고 말했다고 한다. 그 말을 들은 부인은 얼굴이 벌게졌다고 한다. "나물은 간단하게 만드는 것이 아닌데요."

아재들이여, 유념하자. 엄마나 아내가 차려준 밥상에 나물이 오르면 "정말 감사합니다"라며 경의를 표하기 바란다. 나물을 직접 만들어보면 그 심정을 알게 된다.

콩나물무침

엄마가 차려주시는 밥상에는 공식이 있었다. 콩나물을 사시면 그날 반찬과 국은 콩나물국과 콩나물무침이 위주가 되고, 감자를 사오시면 감잣국과 감자조림, 감자채볶음 등이 밥상에 올라왔다.

신기한 것은 재료는 같지만 조리 방법만 달리했는데 맛이 다르다는 점이다. 감자조림만 하더라도 간장에 조리는 것과 고춧가루와 고추장을 넣고 빨갛게 조린 감자 맛은 너무 달랐다.

예전도 그렇고 지금도 그렇지만 집에서 가장 많이 먹는 반찬은 콩나물무침일 것이다. 싸고 조리하는 방법이 너무도 간단하기 때문이다.

콩나물 한 봉지를 사서 물에 삶는다. 삶을 때 주의할 점은 뚜껑을 닫고 삶으면 익을 때까지 뚜껑을 열지 말아야 하고, 뚜껑을 열고 삶을 때는 중간에 닫지 말아야 한다. 그렇지 않으면 콩나물 비린내가 난다.

콩나물이 삶아지면 참기름 한 스푼, 다진 마늘 한 스푼, 어슷하게 썬 대파를 넣고 무친다. 간은 소금으로 맞추고 다 무쳐지면 통깨를 위에 뿌려준다. 기호에 따라 고춧가루를 넣고 무친다.

~~~~~~~~~~~~~~~~~~~~~~~~~~~~~~~~~~~~~~~~~~~~~~~~~~~~~~~~~~~~~~~~~~~~~~~~~

① 콩나물 한 봉지와 참기름, 다진 마늘, 대파, 소금 등을 준비한다.

② 콩나물 한 봉지를 냄비에 담아 뚜껑을 닫고 삶는다. 콩나물국을 끓이지 않고
   콩나물만 삶으려면 콩나물이 잠길 정도인 2컵 정도 넣어주면 된다.

③ 콩나물이 다 삶아질 때까지 뚜껑을 열지 않는다.

④ 콩나물이 삶아지면 양푼에 콩나물만 건져 놓고 밥숟가락 기준으로 참기름 1스
   푼, 다진 마늘 1스푼, 어슷하게 썬 대파 약간을 넣고 무친다. 소금으로 간을
   한다. 기호에 따라 고춧가루 2스푼 정도를 넣고 무쳐도 좋다.

⑤ 무친 콩나물 위에 통깨를 뿌려준다.

무나물은 내가 가장 좋아하는 나물이다. 어릴 때 자주 체하면서 엄마는 소화가 잘되는 무나물을 자주 해주셨다.

제철 음식이 제일 맛있듯이 가을무로 만드는 무나물은 설탕을 뿌린 것처럼 단맛이 난다. 여름 무는 맵고 약간 쓴맛도 나 무나물을 하면 젓가락이 잘 안 간다.

가을무로 만든 무나물은 밥도둑이다. 반찬으로 먹어도 좋지만 밥에 비벼 먹으면 밥을 꼭 가반(加飯)하게 된다.

무를 하나 사서 잘 닦는다. 채칼로 채를 썰어 냄비나 웍에 담아 참기름으

무나물

로 볶다가 멸치 육수를 붓고 뚜껑을 닫아 끓인다. 한소끔 끓으면 소금과 다진 마늘, 다진 파를 넣는다. 마지막으로 통깨를 무나물에 뿌려준다.

recipe

① 무와 소금, 다진 마늘, 다진 대파, 참기름, 멸치 육수, 통깨를 준비한다.

② 무를 잘 닦아 채칼로 채를 썬다. 냄비나 웍에 담아 참기름 4~5스푼을 넣고 볶아준다.

③ 멸치 육수를 붓고 뚜껑을 닫은 뒤 한소끔 끓여준다.

④ 밥숟가락 기준으로 소금 반 스푼과 다진 마늘 1스푼, 어슷하게 썬 대파를 넣는다.

⑤ 통깨를 무나물에 뿌려준다.

시금치나물

어릴 때 TV 연재물로 방영한 뽀빠이(Popeye) 만화는 선풍적으로 인기를 끌었다. 뱃사람인 뽀빠이는 팔에 닻 문신을 하고, 세일러 옷을 입고 나온다. 애인인 올리브가 위기에 처해 "도와줘요, 뽀빠이~"라고 소리치면 항상 나타난다. 그는 한 손으로 시금치 통조림을 쥐어짜면서 받아먹는다. 힘이 솟은 뽀빠이는 주먹으로 악당들을 쳐서 멀리 날려 보낸 뒤 올리브를 끌어안는다. 항상 해피엔딩이다.

그때나 지금이나 뽀빠이가 시금치를 먹으면 왜 힘이 솟는지 모르겠다. 그냥 뽀빠이는 시금치를 먹으면 힘이 솟아 악당을 물리친다고 어린 시절 기억만 되새길 뿐이다.

재래종 시금치인 포항초의 계절(10월~이듬해 3월)이 오면 우리 집 식탁에는 시금치 된장국과 시금치나물이 올라온다. 포항초는 일반 시금치보다 조금 작지만 단맛과 향이 뛰어나다. 바닷바람을 맞고 자라서인지 포항초는 시간이 지나도 싱싱함을 오래 유지하는 것 같다.

　　국을 싫어하는 아내도 포항초 된장국을 매우 좋아한다. 포항초로 만든 시금치나물 또한 잘 먹는다. 이 나물은 씹을수록 고소한 맛이 나면서 시금치 특유의 향이 입안에 퍼진다.

## recipe

① 포항초 2단과 소금, 다진 마늘, 다진 대파, 참기름, 통깨 등을 준비한다.

② 포항초를 잘 씻어 팔팔 끓는 물에 넣어 데친다. 찬물로 헹군 뒤 물기를 짠다.

③ 밥숟가락 기준으로 다진 마늘 반 스푼, 반 뿌리 분량 다진 대파, 참기름 1스푼 을 넣고 시금치를 버무린다. 소금으로 간을 한다.

④ 통깨를 시금치나물 위에 뿌린다.

8

# 사랑받는 아빠와
# 남편 되기

가정에서 아재들의 점수는 얼마나
될까? 솔직히 50점이 안 될 것이다. 가족 부양하려고 직장에 충
실하면서 '직장형 인간'으로 살아왔으니 점수가 박할 수밖에 없다.
아내는 아내대로 서운했던 감정을 켜켜이 쌓아두고, 시간이 없어
못 놀아준 아이들은 아이들대로 아빠를 보는 눈이 편치 않다.

아재인들 할 말이 없겠는가. 아침에 출근하면 지옥불이나 다름
없는 험난한 경쟁에 부딪쳐야 한다. 오로지 처자식을 먹여 살려야
한다는 강박감 속에서 자신을 낮춰서라도 살아남아야 한다. 그러
다가 조직에서 떨려나고 사업 기반을 놓친다면 하염없는 실의에
빠져 오갈 곳 없이 헤매는 게 아재들의 일생이다. 이렇게 밖에서
치이고 가정에 들어와도 치인다면 이처럼 불쌍한 인생이 어디 있
겠는가. 그렇다고 어디 편하게 하소연할 곳도 없다.

그래도 가정은 희망이다. 미우나 고우나 아내는 평생 든든한
동반자이고, 아이들이 있어 미래를 본다. 우리가 살아가는 이유인
것이다.

젊었을 때 열정적으로 살다가 왕창 잃은 점수를 한 번에 만회
할 수는 없다. 점수는 잃기 쉬워도 따기는 어려운 법이다.

지금까지 소개한 요리를 어느 정도 습득했다면, 아내나 아이들에게 점수를 딸 수 있는 음식을 만들어보자. 그리 어렵지 않다.

자, 그러면 오늘 저녁 당신이 사랑하는 가족을 위해 직접 상을 차려보자.

아빠표
오므라이스

우리 집 아이들이 가장 좋아하는 음식이 오므라이스다. 아내보다 내가 만들어 준 것이 더 맛있다고 해서 아이들은 '아빠표 오므라이스'라고 이름을 붙였다.

오므라이스는 볶음밥과 만드는 방법이 같다. 다만 볶음밥을 만든 뒤 토마토케첩을 넣고 비벼주면 오므라이스가 된다.

오므라이스를 만들기 위해서는 햄과 감자, 당근, 양파, 계란을 준비해야 한다. 햄과 야채를 작게 깍둑썰기를 한 뒤 철 냄비인 웍이나 프라이팬에 넣고, 소금을 약간 뿌린 뒤 식용유를 넣고 볶아준다. 야채가 익으면 밥을 넣고 볶은 뒤, 마지막에 케첩을 넣고 잘 비벼준다. 계란 지단을 만들어 오므라이스 위에 덮어주면 완성된다.

나는 오므라이스를 아이들에게 만들어 주면서 야채의 경우 한동안 깍둑썰기를 했다. 깍둑썰기는 시간이 그리 많이 걸리지는 않지만 야채를 씻고 껍질을 벗겨내야 하는 터라 좀 귀찮았다.

그러던 어느 날 남대문시장을 지나다 노점에서 당근 같은 야채류를 쉽게 다지는 기구를 발견했다. 20cm 정도 되는 통모양인데, 손바닥으로 위의 버튼과 같은 것을 누르기만 하면 아래에 놓인 야채가 쉽게 분쇄됐다. 이 기구로 야채를 자르면(다지면) 깍둑썰기처럼 예쁜 모양은 안 나오더라도 빠르게 오므라이스를 만들 수 있겠다고 생각하며 바로 하나를 샀다. 기구의 앞면에는 '곰돌이 다지기'라는 이름이 붙어 있었다. 가격이 1만 원으로 비싼 편은 아니었다.

'곰돌이'를 사들고 집에 와서 오므라이스 만들기에 돌입했다. 감자와 당근을 씻고 껍질을 야채 필러로 벗겨냈다. 이때 손을 베일 수 있으니 감자나 당근을 잘 잡고 필러를 사용해야 한다. 양파는 뿌리 부분을 약간 잘라내고 껍질을 벗기면 된다.

도마 위에 감자와 당근, 양파를 4등분씩 해놓고 '곰돌이'를 사용했다. 곰돌이는 위쪽 버튼을 손바닥으로 누르면 스프링이 달려 있어 바로 제자리로 돌아오는 구조라 아래쪽에 있는 야채가 쉽게 다져졌다. 곰돌이를 누르면 '탁탁'하고 경쾌한 소리가 나면서 어느새 감자와 당근, 양파가 오므라이스 만들기에 적당하게 잘려졌다.

한 가지 아쉬운 점은 곰돌이가 햄을 잘 자르지 못한다는 것이다. 햄은 딱딱하지 않아 그냥 뭉그러진다. 그래서 햄은 평소대로 깍둑썰기를 했다.

곰돌이를 사용하면서 오므라이스 만드는 시간이 크게 줄어들었다. 우리 집에 곰돌이가 들어온 지 3년이 넘는다. 1만 원 짜리가 이렇게 유용하게 쓰일 줄이야….

곰돌아, 땡큐!

 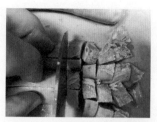

① 4인분 기준으로 감자 2개, 당근 중간 것 1개, 양파 1개, 200g짜리 햄(또는 소시지) 1개, 계란 4개를 준비한다. 감자와 당근은 잘 씻어 야채 필러로 껍질을 벗긴다.

② 야채를 깍둑썰기나 곰돌이 다지기로 다진다. 햄은 깍둑썰기를 해야 한다. 모든 재료를 웍에 넣고 소금 반 스푼을 뿌린 뒤 버터로 볶는다.

③ 야채와 햄이 익으면 밥 3공기 정도를 넣고 볶아준다.

④ 야채와 밥이 잘 섞이면 케첩을 넣고 비벼준다. 케첩의 양은 오므라이스 색깔이 약간 빨개질 정도까지 넣으며, 간도 케첩을 넣으면서 맞추면 된다.

⑤ 계란 4개를 깨서 그릇에 담은 뒤 물을 약간 넣고 흰자와 노른자가 잘 섞이도록 저어준다.

⑥ 프라이팬에 기름을 두르고 계란지단을 부친다.

⑦ 계란지단으로 감싸면 오므라이스가 완성된다.

해물 토마토
스파게티

아이들이 스파게티를 좋아해 처음에는 마트에서 스파게티 소스를 사다 면만 삶아 만들어줬다. 그러다 새우와 홍합 등을 넣고 만들어주니 아이들은 엄마가 만든 것보다 맛있다며 또 엄지척을 한다.

당연하지 않겠는가? 아내는 단순히 면에 스파게티 소스를 얹어주고, 나는 해물로 '씹는 즐거움'까지 주었으니 맛있을 수밖에….

칭찬은 고래도 춤추게 한다지 않던가. 또 욕심이 생겼다. 수제(手製) 소스를 한번 만들어보자고. 아이들에게 MSG에 범벅되지 않은 건강한 해물 토마토 스파게티를 만들어주고 싶었다.

마트에서 장을 봤다. 해물 토마토 스파게티를 만드는 것이니 포인트는 해물과 토마토다. 해물은 손질된 새우와 오징어, 홍합을 샀다. 토마토는 잘 익은 것으로, 10개들이 한 상자를 샀다.

장을 보면서 내 머릿속은 벌써 레시피로 향하고 있었다. 포털에서 어떻게 만들면 맛있게 해물 토마토소스를 만드는지도 참조했다.

음식을 만들다 보면 두서너 가지 일은 동시에 처리해야 하는 경우가 흔하다. 만들면서 치우고, 치우면서 만드는 작업이 동시에 이뤄져야 한다. 그렇지 않으면 부엌이 식기류와 다듬고 남은 음식 찌꺼기로 뒤덮여 마치 폭탄 맞은 곳처럼 되고 만다.

집에 돌아와 냄비에 물을 끓이면서 새우와 홍합을 씻었다. 오징어는 해체해 내장과 뼈, 눈 등을 제거하고 먹기 좋게 썰어놓았다. 물이 끓으면 꼭지를 따서 씻어 놓은 토마토를 냄비에 집어넣고 익기를 기다린다. 홍합은 한 번 끓여놓는다. 그러는 사이 해물을 해체하고 씻으면서 사용한 도마와 칼, 그릇 등을 씻어놓아야 주방이 깨끗해진다.

팔팔 끓는 물에서 토마토는 잘 익을까? 흔히들 야채라 끓는 물에서 잘 익을 것이라고 생각하지만 토마토는 그리 빨리 익지 않는다. 10여 분이 지나면 표면이 갈라지면서 얇은 껍질이 벗겨지는 토마토가 하나둘 생기는데, 이를 선별해 그릇에 담아 식힌다. 바로 토마토를 손으로 잡으면 데니 조심해야 한다.

토마토가 식으면 껍질을 벗기고 포테이토 매셔(Potato masher)를 사용해 토마토를 으깨준다. 여기까지 하면 요리의 반이 끝난 것이다.

철 냄비 웍에 새우와 오징어 썬 양파를 넣고 올리브유로 볶아주다 으깬 토마토와 홍합을 넣고 걸쭉해질 때까지 끓인다. 여기에 마늘을 넣고 소금으로 간을 맞추면 된다. 물은 절대로 넣으면 안 된다. 토마토를 으깨면 수분이 충분히 나오기 때문이다.

네이버나 다음 같은 포털의 레시피에서는 '바질'이라는 향신료를 넣으라고 했지만 넣지 않았음에도 맛에 큰 차이가 없었다.

원래 스파게티 소스를 만들 때 육수를 넣어야 하지만 새우와 오징어 등 해산물이 들어가기 때문에 이를 생략해도 된다. 이탈리아에서는 생선뼈로 우려낸 육수를 사용한다고 한다.

내가 수제 해물 토마토 스파게티에 과감하게 도전한 것은 국수를 삶아 잔치국수나 비빔국수를 만들어 본 경험이 있었기 때문이다. 면 요리는 대개 비슷할 것이라는 선입견이 작용했던 것이다. 결국 육수를 쓰느냐, 소스를 만드느냐의 차이가 있을 뿐이라는 결론을 내렸다.

면을 삶는 것도 같다. 포인트는 면을 익히는 것인데, 시간의 차이가 있을 뿐이다. 스파게티 면은 국수보다 상대적으로 두꺼워 시간이 좀 더 많이 걸린다. 스파게티 면을 10여 분 삶다 보면 딱딱함이 사라지고 부드러워지는데, 이때 면 한 가닥을 부엌 타일에 던져 붙으면 익은 것이다. 미덥지 않으면 라면처럼 면 한 가닥을 조금씩 먹어보는 식으로 체크하면 된다.

면 삶는 데 중요한 것은 물의 양이다. 물이 적으면 면이 냄비 바닥에 눌어붙게 된다. 면을 삶을 때는 면이 물을 흡수하는 것을 감안해 넉넉하게 잡아야 한다.

## recipe

① 깐 새우 30g, 오징어 한 마리, 홍합 한 망, 토마토 10개, 양파 1개를 준비한
  다(4인분 기준).

② 오징어는 내장과 뼈, 눈 등을 제거하고 먹기 좋게 썰어놓는다. 새우와 홍합은
  잘 씻는다. 토마토는 꼭지를 따서 씻어놓는다.

③ 끓는 물에 토마토를 넣고 익혀서 식힌 뒤 포테이토 매셔로 으깬다. 홍합도 끓
  여놓는다.

④ 웍에 해산물과 썬 양파를 넣고 올리브유로 볶아준다. 으깬 토마토와 홍합을
  넣고 걸쭉해질 때까지 끓이며, 밥숟가락 기준으로 다진 마늘 1스푼을 넣고
  소금으로 간을 맞춘다.

⑤ 냄비에 물을 넉넉히 넣고 스파게티 면을 삶는다. 10분 정도 지나면 면이 익는
  데, 면 한 가닥을 부엌 타일에 던져 붙으면 익은 것이다.

⑥ 익은 면에 소스를 올리면 해물 토마토 스파게티가 완성된다.

떡볶이

떡볶이는 '국민 간식'이다. 어린아이부터 노인까지 떡볶이를 좋아하지 않는
사람이 있을까? 그러니 누구나 떡볶이에 얽힌 추억 하나쯤은 있을 것이다.

초등학교 때 학교 앞에는 서너 곳의 떡볶이 집이 있었다. 항상 아이들로
넘쳐 떡볶이를 사 먹으려면 줄을 서야 할 정도였다. 당시는 자녀에게 용돈을
주는 집이 거의 없던 시절이라 엄마에게 "10원만 주세요"라는 말을 입에 달
고 살았다. 운 좋게 10원 짜리 하나를 챙기면 그날은 방과 후 떡볶이 집에 들
려 양은그릇에 담긴 떡볶이와 함께 어묵을 시켜 먹었다. 어묵은 떡볶이 소스
에 찍어 먹어야 제맛이다. 떡볶이를 먹다 매우면 뜨거운 어묵 국물을 호호거
리며 마시면 매운 맛을 씻어낼 수 있었다.

중학교에 들어가니 떡볶이와 당면, 양배추, 당근, 계란 등을 프라이팬에 담아 가스 불 위에 올려놓고 익혀 먹는 즉석 떡볶이가 인기였다. 신당동 떡볶이촌에서 시작된 즉석 떡볶이가 전국으로 퍼져 나갔다. 신당동 떡볶이촌에는 DJ가 있었다. 손님들이 신청곡을 메모지에 써서 전하면 노래를 틀어줬다. 중고생들에게는 더할 나위 없이 훌륭한 주말 놀이터이기도 했다.

즉석 떡볶이의 소스를 두고 친구들과 언쟁을 벌인 적도 있다. 어떤 친구는 즉석 떡볶이는 짜장면 소스인 춘장을 고추장과 섞어야 더 맛있다고 했다. 다른 친구는 고추장만으로 소스를 만들어야 진짜 떡볶이라며 '정통 떡볶이론'을 설파했다. 누구 말이 옳았든, 나에게는 떡볶이가 천상의 음식이었다.

나와 40년 차이 나는 초등학교 6학년 아들이 떡볶이의 추억을 간직하고 있어 깜짝 놀랐다. 초등학교 2학년 때인 어느 날 아내가 해물 떡볶이를 만들어주자 아들이 떡볶이 시를 지었다며 일기장에 쓴 것을 나에게 보여줬다. 40년 전 나와 지금의 아들 입맛이 다르지 않은 것 같아 절로 웃음이 나왔다.


오늘 저녁 해물 떡볶이 한 그릇
먹고 먹고 또 먹는다.
맛있는 떡볶이 떡볶이
달달한 떡볶이 떡볶이

매운 떡에 매운 국물이 사르르
매운 줄도 모른다.
맛있는 떡볶이 떡볶이
달달한 떡볶이 떡볶이

아들은 한 학년이 올라가면서 나처럼 단골 분식점이 생겼나 보다. 그곳에서 먹는 음식이 그리도 맛있는지 '또와분식'이란 제목으로 일기를 썼다.

우리학교 학생이라면 누구나 또. 와. 분. 식. 이라는 단어를 알 것이다.

돈이 있는 사람이면 여기 또와분식으로 온다.

옛날에 먹었던 달고나 엿 같은 것도 있고 쫀쫀이, 라면땅 같은 현대 불량식품도 있고, 막대 돈까스, 튀김, 떡볶이 같은 분식점 음식도 다~ 있다.

나는 유치원 아이~노인까지 이곳에 많이 모이는 이유를 알 것 같다.

물론 맛있다. 종류가 많다 등 그런 대답들이 많지만 내 생각에는 가장 큰 이유가 가격이 싸다는 것이다!

치킨도 1000원, 달고나 200원, 쪼니쪼니 100원, 치콜(치킨과 콜라), 떡콜(떡볶이와 콜라), 감콜(감자와 콜라) 모두 1500원! 모든 음식이 2000원 이하다.

하지만 가격이 싼 만큼 재료도 싸구려다.

"거기 음식 나쁜 성분이 엄청 많아! 거기 음식 안 먹는 게 좋을 걸?" 엄마는 이렇게 말하신다.

하지만 초등 입맛은 불량 식품이어서 어쩔 수 없다.

"우리 동네 맛집은?" 하면 나는 크게 "또와분식!"이라고 말하고 싶다.

후일담이지만 아들이 또와분식에서 제일 맛있게 사 먹은 음식이 떡볶이라고 한다. 작은 컵에 담긴 떡볶이는 600원인데, 튀김 하나를 넣어준다고 한다. 슬러시 컵에 담은 큰 것은 1000원인데, 여기에는 튀김 두 개가 들어가 아들은 이것을 선호했다고 귀띔해주었다.

떡볶이는 보통 떡볶이 떡으로 만들지만 떡국 떡으로 해먹어도 좋다.

① 떡볶이 떡 한 덩이와 어묵 한 봉지, 대파 한 뿌리, 멸치 육수, 마늘, 고추장, 고 춧가루 등을 준비한다.

② 웍에 멸치 육수를 1/3 정도 담아 떡볶이 떡과 직사각형으로 썬 어묵을 끓여 준다. 한소끔 끓으면 밥숟가락 기준으로 다진 마늘 1스푼, 고추장 2~3스푼, 고춧가루 1스푼을 넣는다. 단맛을 원하면 설탕을 1스푼 정도 넣어준다.

③ 육수가 자작해지면 어슷하게 썬 대파를 넣고 끓인다.

④ 라볶이를 원하면 라면을 삶아 육수가 자작해지기 전에 넣어야 된다. 라면이 육수를 상당 부분 흡수하기 때문이다.

전복볶음

전복은 훌륭한 음식 재료다. 회로 먹어도 좋고 익혀 먹어도 좋고 말려서 먹

어도 좋다. 요즘에는 삼계탕이나 라면에도 전복이 들어갈 정도로 인기다.

전복은 버릴 것이 하나도 없다. 해초 성분이 농축된 내장은 쓸개만 떼고

날로 먹거나 익혀 먹어도 좋다. 전복죽에는 꼭 내장이 들어가야 전복죽 특유

의 초록빛이 제대로 나면서 맛이 좋아진다.

아내가 가장 좋아하는 요리는 전복볶음이다. 2년 전 아내는 이유 없이 몹

시 아팠다. 소화가 안 되면서 밥을 먹지 못해 6개월간 내가 쑤어주는 죽만

먹어야 했다. 그 뒤 아내는 조기 같은 흰 살 생선을 조금씩 먹었고, 전복볶음

을 먹고서야 기력을 서서히 회복했다. 고단백, 저지방 식품인 전복은 체내에서 잘 흡수되어 환자나 노약자 등의 건강식으로 많이 쓰인다는 이야기가 사실인 것이다.

전복 요리는 손이 많이 간다. 그렇지만 어렵지 않다. 우선 살아 있는 전복을 숟가락으로 해체한다. 뭉뚝한 수저보다는 앞이 조금 뾰족한 것이 좋다. 왼손으로 전복을 단단히 잡고 오른손에 잡은 수저를 전복 입 쪽 밑으로 쑥 밀어 넣어야 살과 껍데기가 쉽게 분리된다. 싱싱한 전복일수록 수저가 잘 안 들어가니 유의해야 한다.

전복 뒤에 녹색 빛깔의 내장이 붙어 있다. 탕에 넣어 먹을 때는 내장을 손질하지 않고 통째로 넣는데, 날로 먹을 때는 보통 내장에서 쓸개만 떼어낸다. 내장은 'ㄱ'자(子) 모양인데, 기역 자로 꺾어지는 부분이 쓸개다. 내장 윗부분을 칼로 어슷하게 썰면 쓸개가 제거된다. 전복 몸체는 크기에 따라 다르지만 보통 4~5부분으로 잘라 놓는다.

전복 손질이 끝나면 프라이팬에 참기름을 두르고 전복 몸체와 내장, 다진 마늘을 넣고 볶아주면 된다. 전복과 내장이 탈 수 있으니 중간에 참기름 1~2스푼을 더 넣고 볶아준다.

전복볶음은 따로 소금 간을 할 필요가 없을 정도로 짜지도 싱겁지도 않고 입맛에 딱 맞는다. 아마도 삼투압 작용으로 전복이 우리 입에 맞게 소금기를 머금고 있기 때문으로 보인다.

볶은 다음 접시에 옮겨 담고 후추를 뿌린 뒤 통깨를 올려주면 좋다.

팁 하나. 전복을 볶은 프라이팬에 참기름 등이 남아 있는데, 여기에 밥숟가락 2개 정도의 밥을 넣어 볶아주면 볶음밥이 된다. 전복볶음과 함께 먹으면 훌륭한 한 끼 식사가 된다.

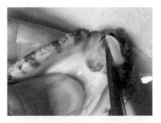
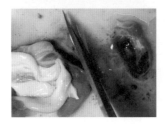

## recipe

① 전복 4미(尾)와 다진 마늘, 참기름, 후추, 통깨를 준비한다.

② 전복을 잘 씻은 뒤 밥숟가락을 입 부분 밑으로 쑥 집어 넣어 몸체와 껍데기를 분리한다.

③ 내장은 'ㄱ' 자 모양으로 윗부분이 쓸개다. 내장 윗부분을 칼로 어슷하게 썰면 쓸개가 제거된다.

④ 프라이팬에 밥숟가락 기준으로 참기름 2~3스푼을 두르고 4~5부분으로 썬 몸체와 내장, 다진 마늘 1스푼과 함께 볶아준다. 전복과 내장이 탈 수 있으니 중간에 참기름 1~2스푼을 더 넣고 볶아준다.

⑤ 후추를 뿌려준 뒤 통깨를 올려주면 된다.

⑥ 참기름 등이 남아 있는 프라이팬에 밥숟가락 2개 정도의 밥을 넣어 볶아주면 볶음밥이 된다.

불고기

어릴 때 살던 곳 인근에 홍릉갈비집이 있었다. 홍릉갈비집은 낮이고 밤이고 손님들로 미어질 정도로 서울에서 가장 손꼽히는 맛집이었다.

홍릉갈비집 앞을 지나다 보면 갈비 냄새가 진동했다. 먹거리가 부족했던 시절, 갈비 굽는 냄새는 식욕을 한껏 흔들어놓곤 했다. 나는 '파블로프의 개' 처럼 침을 흘리며 입맛을 다시기만 했다. 그러면서 '언젠가 꼭 한번 오겠다' 라고 다짐했다.

세월이 흘러 직장생활을 하면서 마침내 홍릉갈비집을 가게 됐다. 그런데 내 기대를 산산히 부숴버렸다. 주변에서 원조(元朝) 경쟁을 벌이며 다닥다

닥 붙어 있던 5~6개의 가게는 달랑 하나만 남아 있었고, 갈비나 불고기의 맛도 그저 그랬다.

내 입맛이 변한 것인지, 아니면 홍릉갈비집의 고기 맛이 떨어진 것인지 알 수는 없었지만 어릴 때 환상 속에 그려본 맛집은 결코 아니었다.

나는 고깃집에 가면 불고기처럼 양념에 재운 고기는 먹지 않는다. 너무 달고, 신선하지 않은 고기를 사용한다고 들었기 때문이다. 그래서 생고기를 주로 숯불에 구워 먹고, 집에서는 손수 양념을 만들어 불고기를 재워 먹는다.

불고기 맛을 제대로 내려면 최소 2~3시간이 필요하다. 양념이 소고기에 제대로 배이려면 시간이 필요하기 때문이다.

양념에는 다진 마늘, 양파, 대파 등이 들어간다. 보통 단맛을 내려고 설탕이나 매실액을 넣는데, 우리 집에서는 배나 사과를 갈아 넣는다. 배즙이나 사과즙을 넣으면 좋다.

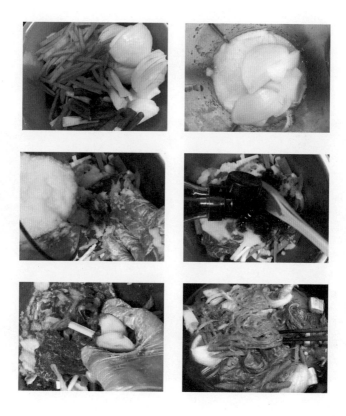

① 불고기감 소고기 300g과 양파 1개, 대파 1뿌리, 배 1개, 밥숟가락 기준 다진
   마늘 1~2스푼, 진간장 3~4스푼, 당면을 준비한다.

② 양파와 배를 깎아 핸드믹서로 갈아준다. 여기에 대파와 다진 마늘, 간장을 넣
   는다.

③ 소고기를 양념에 재워서 최소 2~3시간을 놓아둔다.

④ 냄비에 물을 끓여 당면을 삶아 건져놓는다.

⑤ 프라이팬이나 웍에 재워 놓은 소고기를 넣고 익힌 뒤 당면을 넣어주면 완성
   된다.

⑥ 접시에 담아 놓고 후추를 갈아주면 좋다.

제육볶음

소고기는 예나 지금이나 비싸다. 미국산이나 호주산 같은 외국산 소고기가 다량 수입되어 들어오지만 가격은 좀처럼 떨어지지 않는다.

우리 땅에서 길러진 한우는 그야말로 귀하신 몸이다. 김영란법 시행 이전에는 국회의원과 고위공직자 등 권력자들에게 보내는 명절 선물 1호가 수십 만 원을 호가하는 한우 선물 세트였다.

소고기 가격이 비싸니 주머니가 가벼운 서민들은 돼지고기를 주로 먹는다. 엄마는 항상 "돼지고기가 소고기보다 맛있다"고 말씀하셨다. 어릴 때부터 지금까지 과연 맞는 말씀인지 의문을 가져본 적이 숱하다. 엄마 입장에서는 비싼 소고기를 돼지고기로 대체해 우리의 영양을 챙겨주려다 보니 맛을 강조하셨던 게 아닌가 싶다.

입맛은 아이들이 가장 정직하다. 아이들은 쓰면 그 자리에서 뱉고, 달면 맛있다고 더 달라고 한다. 초등학생 아들에게 물어 봤다. "소고기가 맛있니, 돼지고기가 맛있니?" 아들은 고민 없이 "소고기요"라고 말한다.

돼지고기 요리 가운데 가장 많이 먹는 것이 제육볶음이다. 제육볶음은 목살이나 삼겹살, 앞다릿살, 뒷다릿살 등 여러 부위로 만들 수 있지만 나는 그 중 목살이 제일 낫다고 생각한다. 삼겹살로 제육볶음을 만들면 고기보다 비계가 많아 먹을 것이 별로 없다.

돼지고기는 다양한 야채들과 어울리는 이점을 지닌다. 소고기는 고기 고유의 맛을 느끼기 위해 소금에 찍어 먹지만, 돼지고기는 상추와 깻잎, 겨자잎, 배추 등 온갖 야채로 싸 먹을 수 있다.

밥 위에 제육볶음을 덮어주면 제육덮밥이 된다. 주머니가 가벼운 학생이나 회사원들에게 단품 요리로 인기다.

우리나라 양념 가운데 제일 강한 것이 고추장이다. 비빔밥을 고추장으로 비비면 나물 고유의 맛이 사라진다며 아내는 꼭 간장으로 비빌 정도다.

그러나 제육볶음은 돼지고기와 고추장의 궁합이 잘 어우러져 나온 음식이다. 고추장을 뺀 하얀 돼지고기 볶음에는 왠지 손이 잘 안 가고, 맛도 고추장이 들어간 것에 비해 못하다.

돼지고기도 소고기와 비슷하게 잰다. 양파와 배를 갈아 넣고 다진 마늘과 대파가 들어간다. 차이점은 돼지고기 양념장은 고추장과 고춧가루가 기본으로 들어간다는 점이다. 돼지고기 비린내를 잡기 위해 청주와 후춧가루도 뿌린다.

보통 2시간 정도 돼지고기를 양념에 재워놓고 기름을 두른 프라이팬에 볶으면 된다. 프라이팬에 기름을 두르지 않고 볶기도 하는데, 이런 경우에는 양념장이 프라이팬 밑바닥에 눌어붙기 때문에 유의해야 한다.

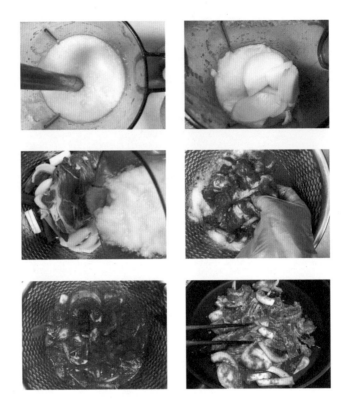

① 돼지고기 목살 300g과 양파 1개, 배 1개, 대파 1~2뿌리, 밥숟가락 기준 다
진 마늘 1~2스푼, 고추장 2~3스푼, 고춧가루 1~2스푼, 청주나 소주 1~2
잔, 후춧가루를 준비한다. 배나 사과를 가는 대신 배즙이나 사과즙을 넣어도
좋다.

② 양파와 배를 핸드믹서에 간다. 여기에 고추장과 고춧가루, 대파, 다진 마늘,
청주, 후춧가루를 섞은 뒤 돼지고기를 2시간 정도 재어놓는다.

③ 웍이나 프라이팬에 식용유를 두르고 재어놓은 돼지고기를 볶으면 된다.

돼지고기
수육

수육은 내가 가장 좋아하는 돼지고기 요리다. 우선 돼지고기를 구울 때 기름
이 튀지 않고 돼지 비린내가 옷에 배지 않아 좋다.

수육은 먹기에도 좋다. 고깃덩어리를 삶아 부드러우면서 졸깃한 맛도 난
다. 특히 김장을 하고 난 뒤 절인 노란 배춧속과 김장 배추에 싸 먹는 맛은 일
품이다.

평양냉면집에 가면 술을 한 잔 먹고 난 뒤 면을 먹어야 냉면을 제대로 먹
는다는 선주후면(先酒後麵)이 좋은지, 고기를 먼저 먹고 냉면을 나중에 먹
는 선육후면(先肉後麵)이 좋은지 논박을 벌이곤 한다. 여기서 고기는 냉면

육수를 뽑을 때 사용하는 돼지고기나 소고기 수육이다.

건강에 대한 관심이 높아지면서 최근 수육이 각광을 받고 있다. 대체로 고기는 숯불에 석쇠나 불판에 올려 구워 '불 맛'을 느낄 수 있는 직화구이를 선호한다.

하지만 고기를 익힐 때 발생하는 여러 가지 유해물질과 탄 음식이 암 발생 위험을 높인다는 연구결과가 속속 발표되면서 수육을 찾는 사람들이 늘고 있다.

최근 뉴스에 따르면, 국립암센터 연구팀이 건강한 성인 여성 5천여 명을 평균 9년 반 정도 관찰한 결과, 직화구이를 선호한 여성에게서 유방암 발생률이 높게 나타났다. 요인별로는 직화구이 육류를 한 달에 두세 차례 이상 먹는 여성이 한 달에 한 차례 이하로 먹는 여성보다 유방암 발생 위험이 1.8배 높았고, 폐경 이후 여성은 최대 3배까지 치솟았다. 연구팀은 고온에서 육류를 가열할 때 발생하는 '헤테로사이클릭아민' 같은 유해물질들이 유전자 변이나 여성호르몬 대사 이상을 가져와 유방암 위험을 높이는 것으로 추정했다.

수육을 삶는 방법은 두 가지다. 하나는 압력밥솥에, 다른 하나는 냄비에 넣고 삶는 것이다. 압력밥솥에서 삶은 돼지고기가 훨씬 부드럽다.

수육의 핵심은 돼지고기의 잡내를 잡는 것이다. 돼지고기를 삶을 때 함께 넣는 재료는 양파와 대파, 통마늘 등이다. 여기에다 통후추나 된장, 그리고 정종이나 소주를 넣는데 모두 잡내를 제거하기 위한 재료다. 나는 커피 가루 한 스푼을 더 넣는다.

나는 돼지고기를 삶을 때 삼겹살 부분을 선호한다. 목살은 퍽퍽하고 삼겹살보다 맛이 떨어진다. 압력밥솥에 삶을 때는 물을 두 컵 정도 넣고, 냄비에 삶을 때는 고기가 잠길 정도로 붓는다. 돼지고기 수육은 된장에 쌈 싸 먹어도 좋지만 육젓과 궁합이 잘 맞는다.

① 통삼겹살 600g과 양파 1개, 대파 1뿌리, 통후추 10여 알, 정종이나 소주 2
잔, 밥숟가락 기준 된장 1스푼, 커피 1스푼, 통마늘 3~4개(통마늘이 없으면
다진 마늘 2스푼)를 준비한다.

② 압력밥솥에서 삶으려면 삼겹살과 준비한 재료를 넣고 물 2컵을 넣는다. 센
불로 10분 정도 익힌 뒤 중불로 3분 정도 뜸을 들인다. 압력이 충분히 빠지면
뚜껑을 연다.

③ 냄비에 삶으려면 삼겹살과 준비한 재료를 고기가 잠길 정도로 물을 붓는다.
30분 정도 끓여주면 고기가 속까지 익는다.

단호박죽

몇 해 전 가을, 아내 친구에게서 늙은 호박 한 통을 선물 받았다. 친정에서 재배한 것이라 농약을 치지 않아 믿을 만하다고 했다.

늙은 호박은 정말 컸다. 직경이 50㎝가 넘었고, 내가 들어도 버거울 정도로 무거웠다. 선물을 받아 좋긴 했지만 사실 어떻게 먹어야 할지 고민이 됐다. 엄마는 어릴 때 늙은 호박으로 떡을 만들어주셨지만 나는 엄두가 나지 않았다. 그래서 늙은 호박은 한동안 방치됐다.

늙은 호박이 우리 집에 들어온 지 한 달 정도 지나자 떡을 만들어 먹기에는 그렇고, 죽이나 한번 쑤어보자는 결심이 섰다. 도마와 칼을 가져다 늙은 호박 해체 작업에 돌입했다. 늙은 호박에 칼을 대는 순간 깜짝 놀랐다. 늙은 호박 겉이 단단한 것은 알았지만 칼이 쉽게 들어가지 않을 정도였기 때문이다. 그래서 아내가 "난 (늙은 호박 해체를) 절대로 하지 못하겠다"고 했었구나….

칼끝을 늙은 호박 꼭지 부분에 힘겹게 밀어 넣어 반으로 갈랐다. 호박 특유의 약간 떨떠름한 냄새와 함께 단 냄새가 확 풍겼다. '죽을 끓이면 맛있겠다'는 생각이 들었다.

늙은 호박을 3cm 정도 두께씩 잘라 씨가 있는 부분을 빼고 껍질 부분을 잘라 함지박에 담았다. 해체 작업은 30분 정도 걸렸는데, 함지박 하나 가득 늙은 호박이 담겼다. 양이 너무 많아 4등분해서 3봉지는 냉동실에 넣어두고 나머지만 가지고 죽을 쑤었다.

늙은 호박죽은 정말 맛있었다. 잣이나 새알, 팥 등 어떤 것을 넣지 않고 오직 늙은 호박으로만 끓였는데도 입에 쫙쫙 붙을 정도로 달았다.

늙은 호박죽을 맛본 뒤 나나 아내는 마트에서 장볼 때면 유심히 늙은 호박이 있는지 살펴본다. 그 늙은 호박죽 맛을 잊지 못했기 때문이다.

그 후 1년쯤 지난 어느 날 아내가 늙은 호박을 한 통 사왔다. 선물 받은 것보다는 작았지만 이놈도 큼지막했다. 바로 해체 작업에 돌입했다. 한 번 해봤으니 해체 작업은 쉬웠다.

그러나 늙은 호박을 반으로 갈랐을 때 실망감이 들었다. 선물받은 것은 단내가 났는데, 풋내가 났기 때문이다. 역시 정성 들여 농사지은 호박과는 다르다는 것을 새삼 깨달았다.

죽을 쑤어보니 예상대로 밍밍하고 풋내가 났다. 단맛을 내기 위해 설탕을 섞어 먹어보기도 했지만 별로 감흥이 없었다. 아내는 다시는 늙은 호박을 사지 않겠다고 다짐했다.

늙은 호박에 덴 나는 단호박을 선택했다. 늙은 호박은 가을철에 반짝 시장이 열리지만 단호박은 1년 내내 마트에 가면 살 수 있어 좋았다. 겨울철에는 남반구의 뉴질랜드에서 단호박이 수입되고, 여름철부터는 우리 농가에서 수확한 단호박이 시장에 출하된다.

단호박을 잘 씻은 뒤 찜기에 물을 붓고 찐다. 20~30분 정도가 지나면 단호박이 익는데, 익은 정도는 젓가락으로 확인할 수 있다. 젓가락이 단호박에 쑥 잘 들어가면 익은 것이다.

단호박을 식힌 뒤 칼로 껍질을 벗기고 속에 있는 씨를 제거한다. 찜기에서 바로 꺼낸 단호박은 매우 뜨거우니 화상을 조심해야 한다.

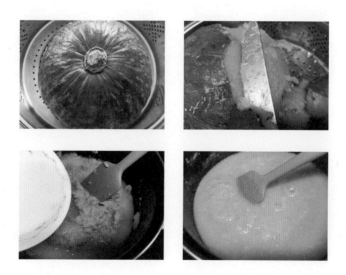

① 단호박 한 통과 찹쌀가루를 준비한다.

② 찜기에 물을 붓고 20~30분간 찐다. 젓가락을 이용해 잘 익었는지 확인한다.

③ 식은 단호박을 칼로 잘라 속에 있는 씨와 껍질을 제거한다.

④ 냄비에 담은 단호박을 포테이토 매셔로 잘 으깨준다.

⑤ 냄비에 물 1컵을 붓고 센 불로 끓여준다. 죽이 끓기 전부터 눌어붙지 않도록
   조리용 나무수저 등을 이용해 잘 저어준다.

⑥ 죽이 끓으면 중불로 줄이고 밥숟가락 기준으로 찹쌀가루 반 스푼을 넣어준다.

⑦ 찹쌀가루가 뭉쳐 있으면 밥숟가락을 이용해 풀어준다.

⑧ 기호에 따라 단호박에 꿀이나 설탕, 잣을 넣어 먹어도 좋다.

9

# 내 손으로 만든 안주,
# 혼술 맛이 두세 배~

직장에서 퇴직 후 가장 아쉬운 것이 동료와의 밥자리이면서 술자리다. 점심이나 저녁 식사 자리는 선후배와의 화합의 자리이며, 술이라도 한잔 걸치고 이야기를 나누다 보면 서운했던 감정도 어느새 사그라진다. '직장형 인간'이 퇴직하면 이렇게 오붓했던 술자리를 상실해 어김없이 공허한 감정에 싸이게 된다.

친구나 선배들 가운데 혼밥이나 혼술로 시름을 달래는 경우가 꽤 있다. 몇몇은 식당에서 밥 먹으면서 술 한잔 걸치고 있다거나, 비 오는 날 아파트 베란다에서 '두꺼비'를 곁에 두고 고독을 씹는 사진을 페이스북에 올리기도 한다. 자신은 낭만이라고 하지만 처량하기 그지없다.

혼술 족이 늘어나면서 집에서 간단히 익혀 먹을 수 있는 안주류가 인기를 끌며 관련 음식산업이 팽창하고 있다. 하지만 가격이 좀 부담된다. 이런 안주류는 대개 포장만 요란했지 내용물이 보잘 것 없다. 한 팩을 사서 소주 한 병을 마시기에 부족한 경우도 있다. 그렇지만 가격은 6천 원대다. 뭐, 선술집에 가서 먹는 것보다 싸다고 하면 할 말이 없지만 그래도 내가 생각하기에는 비싸다.

이 책에 소개된 몇 가지 음식을 할 수 있다면 혼술 안주 만들기에 도전해보자. 특별한 레시피가 필요 없는 간단한 것 몇 가지를 소개한다.

많은 사람이 굴을 즐긴다. 우유를 조리하지 않고 마시듯 '바다의 우유'인 굴도 보통 날것으로 많이 먹는다.

굴전

하지만 어릴 때 비위가 약했던 나는 굴의 비릿함이 싫어 날것으로 잘 먹지 않았다. 보통 김장을 하고 나면 수육을 주로 먹지만 굴도 즐긴다. 굴이 보쌈의 주요 재료인 까닭이다. 엄마와 형들은 굴을 김치에 싸서 잘 먹었는데, 내 젓가락은 오직 수육에만 갔다.

몇 해 전 전남 여수로 출장을 갔을 때 놀라운 경험을 했다. 바닷가 횟집에서 식사를 했는데 마침 굴 철이라 상에 굴이 올라왔다. 나는 비리다는 선입견 때문에 굴은 쳐다보지 않았다. 현지에 사는 지인이 "자연산 굴이니 많이 들라"고 권했다. 상에 올라온 굴은 손톱 크기 정도로 양식 굴보다 작았다.

입에 한 점 넣어보니 단맛이 나면서 굴 본연의 향이 입안에 가득 찼다. 서울에서도 자연산 굴을 사서 먹어봤지만 차원이 달랐다.

굴은 날것으로 먹어도 맛있고, 조리해서 먹어도 맛있다. 나는 조리한 굴을 주로 먹는데, 굴국을 끓이면 아내도 좋아한다. 아내 역시 굴은 날것으로 먹는 줄 알았는데, 내가 조리해준 굴 요리를 먹고 난 뒤부터는 익힌 굴도 좋아한다.

나와 아내가 가장 좋아하는 굴 요리는 굴전이다. 조리방법도 간단해 계란 옷을 입히고 들기름에 부치면 끝이다. 바로 부친 굴전을 '호호'거리며 한입에 넣고 깨물면 단맛과 함께 굴 향기가 입안에 퍼지면서 '정말 맛있다'라는 감탄사가 절로 나온다.

레몬즙을 살짝 넣은 간장에 굴전을 찍어 먹으면 새콤함이 더해지면서 술맛이 절로 난다.

recipe

① 손질된 굴 한 봉지(150g)와 계란 한 알, 밀가루, 들기름을 준비한다.

② 굴을 잘 씻고, 계란 노른자와 흰자를 잘 섞어 놓는다.

③ 굴을 밀가루에 묻혀 계란에 담근다.

④ 프라이팬에 들기름을 두른 뒤 계란 옷을 입힌 굴을 올려놓고 부친다.

부침개

비 오는 날이면 항상 떠오르는 음식이 부침개다. 왜 비 오는 날 부침개를 먹어야 하는지는 잘 모른다. 하지만 비가 오면 생각나는 것이 부침개다.

추적추적 비가 내리는 날이면 엄마는 부침개를 해주셨다. 밀가루가 떨어지면 "진호야! 가게 가서 밀가루 좀 사와라"라고 하셨다.

나는 비 오는 날 부침개를 우리 집에서만 해 먹는 줄 알았다. 회사에 다니고 나서야 거의 모든 사람이 비 오는 날 부침개를 떠올리는 것을 알고 약간 놀랐다. '비 오는 날=부침개'는 그냥 대한민국 사람들의 뇌리에 박혀 있는 공식이다.

엄마가 해주시는 부침개는 다양했다. 신 김치가 있으면 김치부침개를, 쪽파가 많으면 파전을, 부추나 애호박이 있으면 부추애호박 부침개를 만들어주셨다. 집에 많이 남아 있는 재료를 밀가루에 넣어서 부치면 부침개가 되는 것이다.

아내는 녹두전을 좋아한다. 아내는 가끔 "녹두전을 먹을 때면 돌아가신 친정어머니께서 해주신 것이 생각난다"고 말한다. 사실 시장에서 파는 녹두전에는 밀가루가 꽤 들어있어 녹두전 고유의 맛이 덜 난다.

아내가 녹두를 사다 불려서 갈아놓으면 내가 녹두전을 부친다. 우리 집에서는 김장이나 제사 음식을 할 때 아내와 나는 분업을 한다. 아내가 재료를 다듬고 준비하면 내가 부치거나 버무리는 식이다.

부침개를 부칠 때 중요한 것은 원재료를 많이 넣는 것이다. 밀가루는 원재료를 이어주는 도구에 지나지 않는다. 해물파전을 만들 때 해물과 쪽파를 많이 넣어야 한다. 그러지 않고 밀가루를 많이 넣으면 그냥 밀가루 맛만 난다. 부침개에서 밀가루는 부칠 때 도와주는 보조 역할만 할 뿐이다.

참고로 예전에는 밀가루로 부침개를 부쳤는데, 요즘에는 부침가루를 따로 팔고 있다.

부침개를 어떻게 동그랗게 만들까? 고민거리다. 기름을 두른 프라이팬 중간에 반죽한 국자를 올린다. 반죽이 지글거리며 익는데 이때 국자를 반죽 위에 올려놓고 살짝 힘을 주면서 왼쪽에서 오른쪽으로 원을 그리면 반죽이 동그랗게 퍼져나간다.

① 쪽파 반 단과 조개, 새우 등 해물 300g, 부침가루 또는 밀가루를 준비한다.
부추나 애호박이 있으면 이것만으로도 부침개를 만들 수 있다.

② 밀가루에 쪽파와 해물을 넣고 물을 적당히 넣어 반죽을 완성한다.

③ 식용유를 두른 프라이팬 중간에 반죽 한 국자를 올려놓는다.

④ 국자를 반죽 위에 올려놓고 살짝 힘을 주면서 시계방향으로 돌려주면 반죽이
동그랗게 퍼져나간다.

⑤ 밑부분이 익으면 뒤집개를 이용해 뒤집는다.

어찌하다 보니 이번에 소개하는 것도 부침개 종류의 하나가 됐다. 좋은 음식이며, 술안주로 그만이니 소개해야겠다.

감자전

감자전! 흔히 접할 수 있지만 100% 감자만으로 만든 감자전은 정말 귀한 음식이다.

10여 년 전 강원도 영월로 출장을 갔을 때 마침 5일장이 열렸다. 부침개로 유명한 식당에 들어갔는데, 너무도 착한 가격과 맛에 반해버렸다. 김치수수부침개가 한 장에 1천 원! 강원도라서 잡곡이 흔해 가격이 쌀 수 있다지만 너무 쌌다. 서울에서 수수가 들어간 부침개는 아무리 싸도 5천 원을 넘는다. 맛도 당연히 좋았다. 막걸리에 수수부침개를 정말 게눈 감추듯이 먹었다.

감자전도 있었다. 감자 100%로 만든 것이라 수수전보다 비쌌지만 그래도 가격이 3천 원이 안 될 정도였다. 밀가루 하나 안 들어가고 감자만 갈아 만들었다니 그 정성에 일단 감동을 받았다. 재료가 좋으니 당연히 맛도 일품이었다. 부침개를 먹을 때면 항상 영월의 허름한 부침개 집이 생각난다.

그러던 어느 날 아내가 감자 부침개를 먹고 싶다고 했다. 마트에서 20개 정도 든 감자 한 박스를 샀다. 아내는 "너무 많은 것이 아닌가"라고 했지만 나는 이 정도 갈아서 부쳐야 4명이서 먹을 수 있겠다고 생각했다.

감자를 잘 씻어 껍질을 야채 필러로 벗겨낸 뒤 강판에 감자를 본격적으로 갈았다. 한 두 개는 그럭저럭 갈았지만 그 다음부터는 감자를 꽉 쥔 오른손이 아프고 어깨도 결렸 다. 40여 분 동안 사투를 벌이며 20개를 갈고 나니 영월에서 먹은 감자전을 만드느라 식 당 사람들이 얼마나 고생했을지 짐작이 갔다. 그 식당 할머니의 노고에 절로 고개가 숙여 졌다.

다 간 감자를 체에 담으면 물이 빠지는데, 그 물을 받아 10여 분간 놔두면 밑에 감자 전 분이 하얗게 굳는다. 간 감자에 감자전분과 양파 간 것, 어슷하게 썬 청양고추를 넣고 잘 섞어 부치면 고소하고 쫀득한 감자전이 완성된다.

감자전은 약간 탈 정도로 부치면 감자를 구울 때 나는 향긋한 냄새와 함께 바삭한 식감 을 즐길 수 있다.

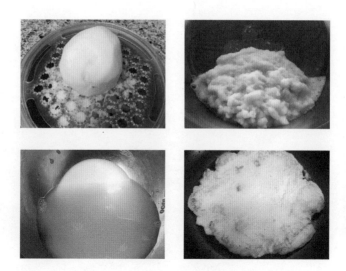

recipe

① 감자 10개와 양파 1개, 청양고추 2개, 식용유를 준비한다.

② 야채 필러로 껍질을 벗겨낸 뒤 강판에 감자를 간다.

③ 감자를 다 갈면 체에 담아 물을 빼준다. 그 물을 그릇에 담아 10여 분간 놓으면 밑에 감자 전분이 하얗게 굳는다.

④ 양파는 핸드믹서기로 갈아준다. 청양고추는 어슷하게 썰어놓는다.

⑤ 간 감자에 감자 전분, 간 양파, 어슷하게 썬 청양고추를 넣고 잘 섞는다.

⑥ 식용유를 두른 프라이팬 중간에 반죽을 올려놓은 뒤 시계방향으로 돌려주면 반죽이 동그랗게 만들어진다.

⑦ 밑부분이 익으면 뒤집개로 뒤집어준다. 바삭한 식감을 즐기려면 약간 탈 정도로 바싹 부쳐준다.

⑧ 간장에 레몬즙을 넣어 찍어 먹으면 좋다.

장어구이

10여 년 전 7월, 여수에 갔을 때 '하모(ハモ)'라는 것을 처음 알게 됐다. 우리말로는 갯장어라고 불리는데, 그곳 사람들에게는 여름철 보양식으로 최고다.

하모는 일본에서 귀한 대접을 받는다. 맛이 좋고 쫄깃한 식감 때문이다. 일제 강점기 때는 '수산통제어종'으로 지정돼 일본으로 전량 빼돌려졌다. 해방 이후에는 고가(高價)에 일본으로 전량 수출되다시피 해 보통 사람들은 이런 어종이 있는지조차 몰랐다. 우리나라도 사람들의 살림살이가 나아지면서 갯장어와 하모의 요리를 맛볼 수 있게 되었다.

일본사람들은 기록을 잘하고 관찰력이 우수한 것 같다. 하모라는 이름도 갯장어의 특성을 잘 반영해 이름을 지었다. 갯장어는 낚싯줄을 끊을 만큼 이빨이 강하고 날카로운데, 사람 손가락을 물면 잘릴 정도라고 한다. 아무것이나 잘 물어대는 습성 때문에 '물다'라는 뜻의 일본어 '하무(ハム)'에서 그 이름이 유래됐다. 우리말로 붕장어인 아나고(穴子·あなご) 역시 모래 바닥을 뚫고 들어가는 특성에서 그 이름이 붙여졌다.

다른 장어들은 구워 먹거나 탕으로 해 먹지만 갯장어인 하모는 샤브샤브로 먹는다. 다른 장어처럼 그리 비리지 않고 그만큼 질감이 좋기 때문이다. 갯장어는 양식이 안 돼 여름철에만 맛볼 수 있다.

하모를 알게 되면서 장어의 족보를 배우게 됐다. 바다에서 사는 장어 가운데 갯장어를 최고로 치지만, 모든 장어 중에 최고봉은 민물장어인 뱀장어다. 뱀장어는 한자로 만(鰻)인데, 왼쪽에 물고기 어(魚)자(字)가 들어갈 정도로 대우받는 민물고기다. 보통 물고기 가운데 어(魚)가 들어가는 것은 고급 어종으로 여긴다. 민어(民魚)와 중국어로 리위(鯉魚)인 잉어가 대표적이다.

뱀장어는 장어류 가운데 유일하게 하천과 바다를 오가는 종이다. 산란기인 가을에 필리핀이나 오키나와의 깊은 바다에 가서 알을 낳고, 알에서 부화한 새끼들은 봄철 구로시오(黑潮) 해류를 타고 하천으로 올라온다. 갯장어 새끼들이 사는 곳이 민물과 바닷물이 교차하는 풍천(風川)인데, 기수역(汽水域)이라고도 한다.

뱀장어는 오래전부터 양식을 해왔지만 아직까지 치어 양식에는 성공하지 못했다. 어부들이 기수역에서 치어를 잡아 양식업자에게 넘기는데, 올해에는 수온 변화로 어획량이 급감하면서 마리당 6천여 원으로 치솟아 금값보다 더 비싸졌다고 한다.

뱀장어는 왜 비쌀까? 양식을 하더라도 생장속도가 늦어 제대로 수요량을 맞추지 못하기 때문이다. 뱀장어는 보통 3년 이상 길러야 상품성을 갖춘다고 한다.

생물이 생장속도가 늦다는 것은 그만큼 살이 단단하고 맛있음을 의미한다. 일례로 랍

스터(바닷가재)의 경우 길게는 70년을 사는데, 서서히 자라면서 튼실해져 최고의 음식 재료 반열에 올라 있다. 문어나 낚지는 1년이면 성체가 되기 때문에 살이 흐느적거리고, 양식할 필요가 없다고 한다.

우리가 흔히 장어라고 말하는 것이 뱀장어다. 장어집에 가면 너도나도 '풍천(風川)장어'를 내세우는데, 뱀장어는 보통 구워 먹고, 일식집에서는 덮밥으로 먹는다.

일본의 경우 우나기(あなご)라고 하는 뱀장어의 인기가 대단하다. 우리가 삼복(三伏)에 육개장이나 삼계탕을 먹듯이 일본에서 복달임이라 장어집이 북새통을 이룬다.

뱀장어와 갯장어보다 한 수 밑이 붕장어와 먹장어다. 붕장어는 포장마차에서 소주와 함께 '아나고회'로 많이 먹었던 음식이다. '꼼장어'로 불리는 먹장어는 부산 자갈치시장의 꼼장어 식당가가 유명하다. 뱀장어와 갯장어가 고급 음식이라면 붕장어와 먹장어는 소박한 서민 음식이다.

요즘은 손질된 장어를 쉽게 구할 수 있어 조리할 때 나는 비린내만 좀 감수하면 집에서도 장어요리를 즐길 수 있다. 마트에서는 진공 포장된 것을 팔고, 홈쇼핑이나 옥션에서는 주문 즉시 배달해준다. 보통 붕장어는 1㎏에 1만7천 원 정도, 뱀장어는 4만~5만 원이면 구할 수 있다.

장어는 껍질 부분부터 프라이팬에 올려놓고 굽는다. 장어에서 기름이 나와 기름을 두르지 않아도 된다. 몇 번 뒤집어주면 금방 익는데, 비린내가 나니 팬을 들어 환기를 해야 한다.

손질된 장어를 사면 보통 양념장을 끼워준다. 프라이팬에 구울 때 양념장을 칠하기도 하지만 나는 직접 고추장으로 양념장을 만들어 구운 장어를 찍어 먹는다.

양념장은 고추장에 다진 마늘과 다진 대파, 설탕, 간장, 고춧가루, 레몬을 넣고 잘 섞으면 완성된다. 레몬을 넣었기 때문에 식초를 넣지 않아도 된다.

장어와 어울리는 술은 소주도 좋지만 그래도 사케(청주)다.

① 장어와 레몬 1개, 밥숟가락 기준으로 고추장 2스푼, 고춧가루 1스푼, 설탕 1
　스푼, 간장 1스푼, 다진 마늘 1스푼, 대파 반 뿌리 등을 준비한다.

② 프라이팬에 기름을 두르지 않고 장어를 등부터 구워준다. 앞뒤로 몇 번 뒤집
　어주며 노릇하게 익힌다.

③ 고추장에 갖은 양념을 잘 섞어 양념장을 완성한다.

갑오징어
버터 볶음

참치 잡이 원양어선을 몰고 남태평양을 누빈 P선장은 퇴직 후 참치 집을 열었다. 그곳 참치는 대부분 혼마구로라는 참다랑어를 사용해 미식가들에게 사랑을 받았다. 한때는 이 집 참치를 맛보려고 일본에서 비행기를 타고 오는 일본인 단골이 있을 정도로 문전성시를 이루기도 했다.

P선장은 '수산물 박사'다. 바닷가인 여수 출신인데다 해양대학을 졸업하고 아프리카와 남미 등 전 세계를 누비며 실무와 이론을 함께 쌓았다. 그에게 수산물에 관해 물어보면 모르는 것이 없을 정도로 다양한 지식을 쏟아낸다.

P선장은 갑오징어가 나기 시작하는 4월부터 단골손님들에게 갑오징어 버터 볶음을 내놓았다. 살짝 삶아 프라이팬에 버터를 두르고 갑오징어를 볶으면 두툼한 식감과 쫄깃함이 입맛을 사로잡는다.

단맛이 나는 갑오징어는 살짝 데친 뒤 초고추장에 찍어 먹어도 좋고, 오이와 당근, 식초와 설탕, 고추장 등을 넣고 초무침을 해 먹어도 맛있다.

난류성 어종인 갑오징어는 여수를 중심으로 한 남해안과 서해안에서 주로 잡히는데, 일반 오징어에 비해 가격이 3~5배에 달할 정도로 귀한 '대접'을 받는다.

갑오징어는 우리만 즐기는 것이 아니다. 스페인에서는 데친 갑오징어를 피망과 양상추 등 야채를 넣고 발사믹 식초(Balsamic vinegar) 등으로 드레싱해 샐러드로 즐긴다고 한다. 갑오징어 샐러드는 단백하고 맛도 깔끔해 맥주와 함께 먹으면 더욱 좋다.

일본사람들은 갑오징어 초밥을 즐긴다. 아프리카 모로코 어장에 갑오징어와 문어가 많은데, 이곳에서 잡은 갑오징어는 맛이 좋아 전량 일본으로 수출된다고 한다.

recipe

① 갑오징어 2마리와 피망, 버터 등을 준비한다.

② 갑오징어 등의 딱딱하고 끝이 뾰족한 뼈와 눈, 내장 등을 제거한다.

③ 끓는 물에 살짝 데쳐 먹기 좋게 썬다.

④ 갑오징어와 피망 썬 것을 버터를 두른 프라이팬에 넣고 볶는다.

⑤ 갑오징어 볶음을 접시에 올려놓은 뒤 통후추를 갈아 뿌리면 향과 맛이 더욱
   좋아진다.

어묵탕

"저도 어묵 가게에 1만 원만 적립해주세요."

어느 날 아들이 아내에게 말했다. 아들은 친구들 가운데 직장을 다니는 엄마들이 방과 후 어묵을 사 먹으라고 가게에 돈을 맡겨놓는데, 그 중 한 친구가 가끔 어묵을 사준다며 자기도 친구에게 똑같이 해주어야 하는 사연을 늘어놓았다고 한다. 자녀들 간식을 챙겨주지 못하는 직장맘들은 아이들이 배고플 때 먹을 수 있도록 동네 분식점 등에 돈을 적립해둔다는 것이다. 아내는 전업주부지만 아들 말에 따라 1만 원을 적립해주었다. 그 가게는 적립금의 10%를 어묵으로 더 준다고 한다.

그 후 아들은 어묵에 빠졌다. 아들은 일주일에 서너 번 이상 학교가 끝나면 친구들과 그 집에 가서 어묵을 먹는다. 아들이 친구들에게 한턱 쏘면, 다음 날은 친구들이 아들에게 사주면서 어묵집이 순례코스가 됐다. 아들이 주로 먹는 어묵은 1,500원짜리인데 일반 떡볶이 집에서 파는 것보다 3~4배 비싸다.

아들에게 "그 집 어묵이 왜 맛있어?"라고 물었더니 "다른 집 어묵 맛과 다르다"는 짧은 대답이 돌아왔다. 그러면서 그 집 어묵에 대해 상세히 설명한다.

"크게 안 매운 것과 매운 것, 2가지로 나눌 수 있어요. 모양으로는 쭈글쭈글하게 접어 꼬치에 꿴 것과 두꺼운 직사각형 모양의 바(bar) 어묵, 봉 모양 어묵 등 9가지가 있어요. 가장 맛있는 것은 어묵 안에 모차렐라 치즈가 있는 것이에요."

어느새 아들은 그 집 어묵을 훤하게 꿰고 있었다.

아들과 함께 그 집에 가서 어묵을 맛봤다. 아들 말대로 그 집 어묵은 생선살이 많이 들어가 쫄깃하면서 맛있었다.

나도 아들과 같은 나이 때 학교 앞 떡볶이 집을 자주 갔었다. 가게 입구에는 항상 '부산 오뎅'을 접어 꼬치에 꿴 어묵이 양은솥에 한가득 담겨 끓고 있었다. 추운 겨울 꼬치 하나를 빼서 간장에 찍어 먹으면서 어묵 국물을 호호 불어가며 마시는 맛은 지금도 잊지 못한다.

상가 어묵집을 나오면서 2만 원을 적립해주었다. 아들에게도 나처럼 어묵에 얽힌 추억이 하나쯤 생겼다는 생각이 들면서 빙그레 웃었다.

어묵은 추운 겨울철에 먹어야 제맛이다. 요즘은 어묵가게가 빵집처럼 놀라운 변신을 하면서 어묵이 떡볶이처럼 사시사철 즐기는 국민간식이 됐지만 그래도 어묵의 참맛은 추운 겨울철에야 느낄 수 있다.

일본 선술집인 이자카야(居酒屋)에 가면 어묵은 훌륭한 술안주다. 냄비에 들어 있는 어묵이 무척 다양하다. 둥근 것, 네모난 것, 쌈지처럼 안에 당면이 들어간 것 등 비주얼도 그만이지만 맛도 좋다.

이자카야 어묵은 아니더라도 집에서 간단히 어묵탕을 즐길 수 있다. 멸치 육수에 어묵만 넣으면 끝이다. 술은 당연히 사케(정종)가 어울리지 않을까?

① 멸치 육수와 어묵 한 봉지, 대파 한 뿌리, 다진 마늘, 조선간장 등을 준비한다.

② 멸치 육수를 뽑을 때 사용한 무를 버리지 말고 사용한다.

③ 멸치 육수에 무, 어묵을 넣고 끓인다.

④ 한소끔 끓으면 밥숟가락 기준으로 다진 마늘 1스푼, 조선간장 2스푼, 어슷하게 썬 대파를 넣는다.

닭튀김

나는 사실 닭요리를 좋아하지 않는다. 어릴 적 시장에 가면 닭장에 갇힌 닭이 목이 비틀려 죽은 뒤 털이 쑥쑥 뽑혀 해체되는 충격적인 장면을 많이 봤기 때문이다. 나는 항상 닭집 근처에 가면 눈을 바닥에 내리깔고 다녔다. 그래도 어쩔 수 없이 참상을 목격하게 되는 경우가 있었다. 오십이 넘어서도 당시의 장면을 생생히 기억하고 있다.

내가 제일 싫어하는 닭요리는 백숙이다. 닭 비린내도 나거니와 냄비에 적나라하게 알몸 상태로 있는 닭의 모습이 왠지 싫다. 어릴 때 식구들이 백숙을 맛있게 먹을 때, 나는 항상 계란 프라이를 고집했다.

내가 백숙의 일종인 삼계탕을 먹기 시작한 것은 군대를 제대할 무렵이었다.

아내가 결혼 전 내게 "가장 싫은 음식이 뭐냐"고 물어봐 닭백숙이라고 대답했다. 그래서 내가 처갓집에 가도 장모님은 씨암탉을 피해 다른 음식을 차려주셨다.

닭요리 가운데 그나마 꺼리지 않고 먹는 음식이 닭튀김이다. 닭에 옷이 걸쳐져 미관상 나쁘지 않고, 비린내도 나지 않기 때문이다.

상도동 단독주택에서 아파트로 이사 오면서 몇 차례 집들이를 하게 됐는데, 후배들이 어떤 선물을 원하는지 물었다. 아내와 상의한 끝에 가정용 튀김기가 필요하다고 말했다. 후배들은 해외 인터넷 사이트에서 테팔 튀김기를 주문해서 보내줬다.

튀김기가 온 뒤 시연회가 열렸다. 마트에서 닭다리와 튀김가루를 사와 함께 버무렸다. 이때 바삭한 프라이드치킨을 만들려면 물로 튀김가루를 반죽하지 말고, '탄산수'를 넣어야 한다.

튀김기에 가루를 입힌 닭다리를 투입하자 '치르르~'하는 경쾌한 소리가 울려 퍼지고, 향기로운 프라이드 냄새가 집 안에 진동했다. 어느새 입안에는 침이 고였다.

7~8분 뒤 노랗게 익은 닭다리를 튀김기에서 꺼내서 한입 베어 물자 프랜차이즈 치킨집에서 시켜 먹는 프라이드치킨과는 비교할 수 없을 정도로 맛있었다.

튀김은 식용유를 넣고 튀김기로 해 먹어야 제맛이 난다. 우리 집에도 기름을 넣지 않고 튀기는 에어 프라이어(Air frier)가 있지만 몇 번 사용하다 말았다. 에어 프라이어는 고온의 공기로 음식을 익혀 기름이 튀지 않아 위생적이고 깔끔하지만 튀김기만큼 식감이 뛰어나지 못하기 때문이다.

튀김기가 들어온 뒤 우리 집에서는 가끔 프라이드치킨과 감자칩, 감자와 당근 등으로 만든 야채 튀김 등 다양한 튀김 요리로 파티를 한다. 튀김과 함께 아이들은 탄산음료를, 우리 부부는 맥주 한 잔을 여유롭게 즐긴다.

참, 튀김 얘기가 나왔으니 한 가지 첨언하자면 봄철에 나는 두릅을 튀김으로 해 먹으면 맛과 향이 기가 막히게 좋다. 올봄 우연히 두릅을 튀김기에 튀겨봤는데, 그 어느 음식보다 맛있었다. 두릅 튀김에 막걸리나 맥주를 곁들이면 정말 환상적인 저녁 술자리가 된다.

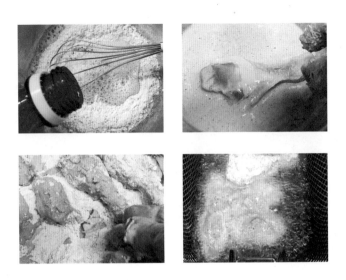

recipe

① 냉장 닭다리 한 봉지와 튀김가루 한 봉지, 탄산수 한 병, 식용유 2ℓ를 준비한다.

② 튀김가루에 탄산수를 넣고 뭉치지 않게 잘 섞는다.

③ 물에 갠 튀김가루를 닭다리에 고르게 바르며 튀김옷을 입혀준다.

④ 튀김기에 식용류 2ℓ를 넣고 190도로 기름을 끓인다.

⑤ 10여 분 정도 지나 닭다리를 꺼내면 된다.

꽁치찌개

나는 군것질을 거의 하지 않는다. 하루 밥 세 끼를 먹으면 그것으로 족하다. 그러니 탄산음료도 거의 마시지 않는다. 내가 주전부리를 하는 때는 보통 등산이나 사이클 같은 운동을 하면서 많은 열량이 필요할 때다.

패스트푸드나 가공식품도 잘 먹지 않는 내가 유일하게 좋아하는 것이 꽁치통조림이다. 뼈까지 연해질 정도로 꽁치를 높은 온도로 끓여서 먹기에도 좋고, 시장에서 사온 냉동이나 생물 꽁치보다 비린내도 적게 나기 때문이다.

엄마는 고등어나 꽁치찌개를 만들 때 꼭 신 김치를 넣고 끓이셨다. 비린내도 어느 정도 잡고 일반 찌개보다 더 맛있다고 말씀하시면서. 그러나 어린 내가 맛보기에 김치를 넣는다고 해도 고등어의 비린내는 별로 가시지 않았다. 엄마는 "꽁치는 뼈가 연해 그냥 입에 넣고 씹어 먹어도 된다"고 말씀하셨지만, 내게는 꽁치 뼈가 너무 거칠었다. 꽁치 뼈를 발라 먹다 보니 손도 많이 가서 꽁치찌개는 그다지 좋아하지 않았다.

나이가 들면 어릴 때 먹던 음식이 그리워지는 걸까? 어느 해부터인가 나는 꽁치김치찌개가 먹고 싶어졌다. 날것을 사서 꽁치찌개를 끓이니 비릿한 맛이 강했고, 뼈도 거칠었다. 그래서 대안으로 선택한 것이 꽁치통조림이다.

통조림을 따서 꽁치에 김치 1/4포기를 넣고 멸치 육수를 넣어서 끓이니 맛이 좋았다. 뼈는 살과 함께 먹어도 거친 느낌이 들지 않았다. 흰쌀밥에 꽁치 한 토막을 쭉 찢은 김치에 싸서 먹는 맛은 정말 일품이다.

하늘이 흐리거나 비 오는 날 통조림으로 끓인 꽁치김치찌개만 있으면 밥 한 공기를 게 눈 감추듯이 먹게 된다.

술안주로는? 당연히 꽁치찌개는 소주에 어울리는 안주다.

~~~~~~~~~~~~~~~~~~~~~~~~~~~~~~~~~~~~~~~~~~~~~~~~~~~~~~~~~~~~~~~~~~~~~~~~~~~~~

① 꽁치통조림 캔 1개와 멸치 육수, 다진 마늘, 대파, 소금 등을 준비한다.

② 꽁치와 배추 1/4포기, 육수를 넣고 센 불로 끓인다.

③ 한소끔 끓으면 밥숟가락 기준으로 다진 마늘 1스푼과 어슷하게 썬 대파를 넣
　는다.

④ 간은 소금으로 맞춘다.

10

# 당신도 바리스타가
# 될 수 있다

커피 열풍이 거세다. 스타벅스에서 시작된 원두커피 맛에 우리 모두가 홀렸다. 커피빈, 엔제리너스, 파스쿠찌, 이디야 등 체인점이 늘어나면서 커피 인구는 폭발적으로 증가했다.

한때 우리나라에는 차(茶) 열풍이 불었다. 많은 사람이 녹차를 마시면서 맛에 탄복하기도 했다. 우전(雨前), 세작(細雀) 등 고급 녹차가 날개 돋친 듯 팔렸고, 이어 중국 보이차(普洱茶)도 급격한 매출 신장세를 기록했다.

그러나 녹차에 농약을 뿌리고, 보이차를 빨리 발효시키려고 돼지 오줌을 사용한다는 이야기가 퍼지면서 차의 인기는 급전직하했다.

나는 차가 기호식품에서 밀려난 것이 이처럼 제조과정의 문제도 있었지만 차를 마실 때 너무 예를 중시한 것도 원인이라고 생각한다. 너나 할 것 없이 바쁜 세상인데, 다도(茶道)를 모르면 무식하다고 눈총을 받게 되니 누가 녹차를 선뜻 찾겠는가.

차의 성장세가 꺾이면서 대안으로 등장한 것이 원두커피다. 그동안 믹스커피에 익숙해 있던 사람들이 원두커피 맛을 보고 한눈에 반해버린 것이다. 여기에 커피는 녹차처럼 마실 때 어떤 격식을 요구하지도 않는다. 남녀노소가 어디서나 즐길 수 있는 기호식품이자 필수품으로 자리를 굳혀갔다.


## 핸드 로스터기로 커피콩 볶기 도전

나도 인스턴트커피를 마시다 10여 년 전부터 원두커피를 마시고 있다. 사람의 미각은 간사한가 보다. 처음에는 커피 체인점에서 아메리카노를 사 마시다 핸드드립 커피를 맛본 뒤로는 여기에 푹 빠져버렸다. 원두커피는 마실 때 집중하면 단맛과 쓴맛, 신맛 등 다양한 맛을 느낄 수 있다. 냄새도 과일향이나 버터나 빵 굽는 냄새 등 산지에 따라 다양하게 난다.

핸드드립 커피는 아메리카노가 따르지 못할 정도로 맛과 향이 뛰어나지만 가격이 너무 비쌌다. 한 잔에 보통 6천~7천 원에 달하고, 파나마 게이샤 같은 원두커피는 1만 5천 원이 훌쩍 넘는다.

나는 큰 맘 먹고 커피콩을 가는 핸드밀(Hand mill)과 커피 서버(Server) 등 핸드드립 기구를 장만했다. 10여만 원이 넘어 부담은 됐지만 커피 20잔을 사 먹지 않으면 본전은 뽑게 될 것이라는 계산에서였다.

    커피가게에서 로스팅한 예가체프(yirgacheffe)와 케냐AA 등을 사서 핸드드립으로 내려 먹으니 너무 좋았다. 한동안 핸드드립에 빠져 살다 보니 원두 가격이 적잖게 부담이 됐다. 보통 로스팅한 원두는 200g에 7천 원 정도 하는데 1주일을 버티지 못하고 또다시 커피를 사야 하니 주머니가 가벼운 나로서는 감당이 안 됐다.

    다른 상품도 마찬가지지만 커피는 가공할 때마다 부가가치가 확 높아진다. 케냐나 예멘의 커피 산지에서 원두 가격은 그리 높지 않지만 이것이 로스팅되면 몇 배로 뛴다. 다시 로스팅된 원두가 체인점에 납품되어 아메리카노나 에스프레소 등으로 팔리면 그 가격은 로스팅한 원두보다 몇 배나 더 뛴다. 공정무역 커피가 뜨는 이유다.

    그래서 나는 2013년쯤 생두를 사서 로스팅에 도전하기로 했다. 하지만 커피 로스팅을 해본 친구가 말렸다. "집에서 로스팅하면 나오는 연기를 처리하기 어려워 쉽지 않을 것"이라고 했다. 당시 나는 단독주택에 살고 있어 옥상에서 커피를 볶는다면 연기는 문제가 안 된다고 생각하며 실행에 옮겼다.

　인터넷과 커피 관련 책을 본 뒤 생두 로스팅 기구로 일본에서 특허 받은 핸드 로스터기인 '이리조주(煎り上手)'를 6만 원에 구입했다. 이리조주는 알루미늄으로 된 사각모양으로, 위에 커다란 동그란 구멍이 뚫려 있고 손잡이 반대 부분에도 작은 구멍이 뚫려 있어 공기 순환과 함께 균일한 로스팅이 가능하도록 설계되어 있다. 사용법은 생두가 균일하게 볶아지게 불 위에 올려놓고 빙글빙글 돌리거나 좌우로 흔들어주면 된다.

　나는 옥상에 휴대용 가스버너를 놓고 먼저 이리조주를 가열시킨 뒤 원두를 담아 왼쪽에서 오른쪽으로 살살 돌리면서 로스팅을 했다. 3~4분 정도 지나자 정말 '팍팍, 파바박'하고 생두가 터지는 기분 좋은 소리가 들렸고(1차 크랙·Crack), 2~3분 지나자 2차 크랙이 발생했다. 바로 불을 끄고 식혔다. 원두는 시티(City roasting·강중

배전) 정도로 로스팅해 신맛과 쓴맛이 균형을 이룰 정도가 됐다.

이리조주로 1주일에 한 번씩 6개월간 로스팅을 하면서 다시 꾀가 나기 시작했다. 이리조주는 크기가 손바닥만 해 한 번에 생두 60g밖에는 로스팅을 할 수가 없다. 내가 1주일 동안 마실 커피를 로스팅하려면 4번에 걸쳐서 해야 하기 때문에 40분 이상을 이리조주를 돌려야 했다. 그러니 손목도 아프고, 장시간 쪼그리고 앉아 있으려니 허리가 뻐근했다. 처음에는 로스팅을 한다는 재미로 힘든지 모르고 이리조주를 돌렸지만 시간이 지나면서 좀 더 편리한 방법이 없을까 한참이나 고민했다.


## '중국 프라이팬'으로도 로스팅이 돼요

당시 나는 경희대학교 언론정보대학원에 다니고 있었는데, 내 고민을 들으신 이인희 원장님께서 아는 분이 중국 요리 도구인 웍으로 커피 로스팅을 한다고 말씀해 주셨다.

나는 당장 실행에 옮겼다. 이리조주 대신 웍을 먼저 가열한 뒤 200g 정도의 원두를 넣고 로스팅을 했다. 조리용 긴 나무수저로 생두를 왼쪽에서 오른쪽으로 돌리니 옅은 녹색을 띤 커피콩이 점차 밤색으로 바뀌었다. 1차 크랙에 이어 2차 크랙이 이어지면서 연기가 하늘로 퍼져 나갔다.

비록 시티 로스팅에 맞추긴 했지만 원두 가운데는 좀 더 탄 것이 있고, 조금 덜 로스팅된 것이 있었다. 아마도 가스버너의 화력이 그리 세지 않고, 내가 생두를 왼쪽에서 오른쪽으로 일정하게 돌리지 못하는 탓일 것이다.

그래도 웍으로 내가 1주일 마실 양을 한꺼번에 로스팅할 수 있어 좋았다.

그래, 난 너로 정했어. 이제부터 웍으로 로스팅이다!


## 아파트 주방에서 로스팅

그러나 나의 로스팅은 다시 한 번 시련을 겪는다. 1년 반 전 단독주택에서 아파트로 이사를 한 탓에 커피 로스팅을 한동안 자제했다. 로스팅할 때 나는 연기가 감당이 안 됐기 때문이다.

어느 날 핸드드립 커피 맛에 '살짝 빠진' 아내가 "요즘 왜 로스팅 안 해요?"라고 물었다. 연기가 많이 나서 엄두가 안 난다고 하자 아내는 "커피 볶는 냄새는 좋아 집 안에 살짝 배도 괜찮은데…"라고 말끝을 흐렸다.

나는 이 말을 듣고 용기가 솟았다. 그래 아파트에서도 커피를 볶자.

바로 실행에 들어갔다. 먼저 연기 피해(?)를 최소화하기 위해

방과 화장실 문을 닫고, 북쪽인 한강에서 들어오는 바람이 주방을 거쳐 남쪽 거실로 빠져나갈 것으로 예상하며 주방과 거실 창문을 활짝 열었다.

싱크대 깊숙이 넣어둔 로스팅 전용 웍을 꺼내 가스레인지 위에 놓고 달군 뒤 생두 200g 정도를 넣었다.

로스팅할 때 나는 연기의 양은 커피콩이 점차 밤색으로 바뀌면서 늘어난다. 보통 1차 크랙보다는 2차 크랙에서 많이 난다.

1차 크랙 때까지 레인지 후드를 중간 정도에 맞춰 로스팅하다 2차 크랙이 발생하면 최대치로 끌어올렸다. 그래도 연기는 주방을 가득 채운 뒤 마치 불장난한 것처럼 거실 쪽으로 퍼져 나갔다. 아내도 약간 놀란 눈치였다. 나는 선풍기를 틀어 급히 연기 제압에 나섰다.

2차 크랙된 커피를 철로 된 체에 담아 주방 옆 세탁실 세탁기 위에 올려놓고 문을 닫았다. 10분 정도 지나니 연기가 어느 정도 가셨다. 아파트에서도 로스팅할 수 있다는 결론에 도달한 것이다.

아내 말처럼 로스팅을 하고 나서 생기는 덤은 냄새다. 하루 이틀 정도는 우리 집에 커피 냄새가 은은하게 배어 있어 마치 커피숍 같다는 생각이 들 정도다.

최근 나의 로스팅에 또 한 번 변화가 생겼다. 가스레인지를 인덕션으로 교체하면서 창고 속에 잠자고 있던 휴대용 가스버너를 다시 불러냈다. 인덕션은 가스레인지보다 음식을 빨리 조리할 수

1. 커피콩

2. 볶기

3. 중배전(시티)

4. 스테인리스 체

5. 채프 제거

6. 보관하기

있지만, 커피를 볶을 때는 유독 힘을 발휘하지 못한다. 인덕션을 최대치로 올려도 웍에 담긴 생두는 침묵만 지킨다.

그래서 상도동 단독주택에서 사용하던 휴대용 가스버너를 인덕션 위에 올려놓고 레인지 후드를 켜고서 커피를 볶는다. 로스팅을 하면서 상도동 주택 옥상서 하던 모습이 떠올라 나 혼자 빙긋 웃는다.

소설가 이효석은 낙엽 타는 냄새가 좋다고 했지만 난 커피 볶는 냄새가 좋다. 그래서 난 오늘도 로스팅을 한다.


## 초간단 더치커피

올여름은 유난히 더웠다. 대구는 '대프리카'라고 불리며 아프리카 반열에 올라섰고, 서울도 39.6도까지 치솟으면서 '서프리카'로 통했다.

아무리 커피를 좋아하더라도 여름에 뜨거운 커피를 마시기에는 좀 짜증이 난다. 그래서 차가우면서 맛도 좋은 더치커피가 인기다.

로스팅을 집에서 하는 나로서는 당연히 집에서 더치커피를 만들어 먹고 싶었다. 포털 '폭풍 서핑'에 이어 커피가게에 설치한 더치커피 기구를 한동안 유심히 살폈다. 나의 최대 관심은 쉽고 싸게 더치커피를 추출하는 것이었다.

　　그러다 가성비 좋은 기구를 하나 발견했다. 물통 두 개로 만든 시골호빵맨 워터드립세트. 옥션에서 3만여 원을 주고 바로 구입했다.

　　'시골호빵맨'과 상견례를 가졌다. '과연 여기에서 더치커피가 나올까?'라는 생각이 들었다. 한마디로 충격이었다.

　　시골호빵맨의 구조는 너무 간단했다. 물을 넣는 위쪽 물통에는 물 조절 밸브가 달려 있고, 커피를 놓고 위에서 떨어지는 물을 받는 아래쪽 물통에는 중간쯤 구멍이 하나 뚫려 있는 게 전부였다.

'그래도 한번 써보자. 개발자가 자신이 있으니 팔았겠지'라며 시골호빵맨을 가동했다. 위쪽 물통에서 물이 똑똑하고 떨어지며 아래쪽 물통에 담긴 커피에 떨어지면 한참 뒤 갈색의 커피 액이 제일 밑 커피 서버에 담겼다.

3시간이 지난 뒤 더치커피가 내려졌다. 맛을 보니 훌륭했다. 선입견을 갖고 시골호빵맨을 얕잡아 본 것이 후회됐다.

4년 전 시골호빵맨을 산 뒤 매년 여름이면 더치커피를 내려 마시고 있다. 한 가지 아쉬운 점은 지금은 시골호빵맨을 구입할 수 없다는 것이다. 경쟁에 밀려서인지, 내가 선입견을 가졌던 것처럼 사람들이 시골호빵맨을 신뢰하지 않은 탓인지 몰라도 옥션의 매장에서 자취를 감췄다.


## 우리 집 커피 메뉴

나는 집에서 바리스타(Barista)다. 직접 로스팅을 해서 커피를 내려 마시고 아내에게 커피 서빙도 한다.

우리 집에는 커피머신이 2대가 있다. 원두커피를 내려 마시는 브라운의 커피메이트와 캡슐 커피로 다양한 맛을 즐길 수 있는 네슬레의 네스프레소다.

시간이 없지만 커피를 마시고 싶을 때는 이들 제품을 이용했다. 처음에는 커피메이트 커피만으로도 만족했지만 어느새 우리도 선풍적으로 인기를 끄는 네스프레소로 갈아탔다. 카페라테를 좋아하는 아내는 우유를 살짝 타 마셨다.

앞에서도 고백했지만, 내 입은 간사하다. 몇 번 커피머신 커피를 마시다 보면, 어느새 내 손에는 핸드드립 커피가 들려 있다. 그러면 아예 커피머신을 쳐다보지 않고 싱크대 깊은 곳에 처박아놓는다. 커피에 우유를 살짝 타 마시면서 만족하다가도 어느새 입맛이 바뀌어 전동 거품기로 거품을 내서 정식으로 먹는 카페 라떼가 간절해진다. 우리 집도 네슬레의 우유 거품기인 에어로치노(Aeroccino)를 하나 장만했다. 원두커피보다 카페라테를 좋아하는 아내가 가장 반겼다. 에어로치노가 우리 집에 들어온 뒤 나는 아내에게 카페라테를 타주고, 아이들은 코코아를 타 마신다.

올여름에는 우리 집 커피 메뉴에 카페 모카가 추가됐다. 아내는 카페 라떼에 달디 단 휘핑크림을 토핑해 먹기를 원했다. 문제는 토핑기였다. 수제로 하면 제대로 토핑이 안 될 것 같아서 커피 가게에서 사용하는 토핑기를 사려 했더니 가격이 만만치 않았다. 그러다 우연히 스타필드하남에 있는 트레이더스에서 1회용 토핑기를 보게 됐다. 스페인 제품인데 2개에 9천 원 정도로 가격도 적당했다.

토핑기를 구매한 날 우리 집에서는 카페 모카와 코코아 파티가 벌어졌다. 비록 커피 가게에서 사 먹는 카페 모카 맛과는 비교할 수 없지만 휘핑크림에 시나몬 가루를 살짝 뿌린 우리 집 카페 모카는 가족 모두에게 행복감을 한껏 안겨주었다.

시간이 지나면 우리 집 커피 메뉴가 훨씬 다양해질 것 같다. 이러다 내가 커피 가게를 하나 내는 것은 아닐까?


## 집에서 로스팅을 하려면

내가 집에서 로스팅을 하는 이유는 무엇보다 경제성 때문이다. 케냐AA 생두 1kg을 1만 4천 원 정도에 사서 로스팅하면 한 달 이상을 마실 수 있다. 커피 가게에서 로스팅한 원두를 살 경우 5만 원 이상이 든다. 더욱이 커피 2잔 값으로 산 생두는 로스팅을 하면 60~70잔 정도 핸드드립 커피로 마실 수 있어 30만~40만 원을 절약한다.

두 번째의 이유는 원두가 신선해 커피 맛이 좋다는 점이다. 커피는 로스팅하는 순간부터 산화(酸化)하는데, 보통 10일 전후까지 항암물질이 많다가 이후로 산화가 더욱 진행되면서 발암물질이 많아진다고 한다.

요즘 '오늘의 커피'라는 타이틀을 붙여 990원이라는 파격적인 가격에 파는 커피 가게가 꽤 있다. 전문가들은 로스팅 후 30일 정도 되어 폐기 직전의 원두를 사용하는 경우가 많아 주의해야 한다고 말한다. 이 커피는 안 마시는 게 좋다는 것이다.

그러니 커피 가게에서 로스팅한 커피를 살 때에는 로스팅한 날짜를 꼭 확인해야 한다. 보통 맛있는 커피는 로스팅한 뒤 원두에서 가스가 빠져나간 7일 정도의 것이라고 한다.

아파트에서 로스팅을 하려면 많은 연기를 감수해야 한다. 앞서 서술했듯이 창문을 열어 환기를 잘 하고 레인지 후드를 최대로 켜야 한다. 연기가 잘 안 빠지면 선풍기를 돌리면 좋다.

로스팅 준비물은 간단하다. 생두와 웍, 조리용 긴 나무수저나 주걱, 로스팅한 원두를 식힐 스테인리스 체 한 개, 커피콩 껍질인 채프(Chaff)를 제거하기 위한 플라스틱 체 2개만 있으면 된다.

우선 생두를 구입해야 한다. 인터넷에서 검색하면 생두를 파는 곳이 꽤 나온다. 나는 보통 예가체프나 케냐AA, 탄자니아AA 생두를 kg당 1만~2만 원선에 구매한다. 가끔은 예멘 모카 생두를 3만 원 가량 주고 사서 즐기기도 한다.

나는 요즘 웍으로 로스팅을 하는데, 원두에 다른 음식 냄새가 밸까 봐 커피 전용을 마련해 사용하고 있다. 가스레인지나 휴대용 가스버너 위에 웍을 올려놓고 바닥이 가열되면 생두 200g 정도를 놓고 긴 나무수저로 왼쪽에서 오른쪽으로 저어준다. 7분 정도 지나면 생두가 부풀어 오르면서 '파파박 팍팍' 거리는 소리가 나고(1차 크랙), 그 뒤 5분 정도 지나면 원두 색깔이 밤색으로 변하며 2차 크랙이 발생하면서 커피콩에서 기름이 나온다.

나는 보통 2차 크랙이 어느 정도 되면 레인지 불을 끈다. 이때 연기가 가장 많이 발생하는데, 웍을 레인지 후드 가까이 가져가 연기를 뺀다. 연기가 어느 정도 빠지고 2차 크랙이 멈추면 스테인리스 체에 담아 세탁실에 놓아두고 식힌다. 로스팅한 커피콩은 매우 뜨겁기 때문에 플라스틱 체보다는 스테인리스 체에 담아두는 것이 좋다.

전문가들은 체에 담자마자 밑에 커피 쿨러(Cooler)를 놓고 가동시킨다. 커피 맛을 좋게 하기 위함이다. 하지만 나는 아직 쿨러를 사지 않고 자연 냉각시킨다.

원두가 식으면 채프를 제거해야 한다. 채프는 상당히 많이 나온다. 플라스틱 체 하나에 커피 1/4 정도를 담고 빈 플라스틱 체에 붓는다. 그러면 채프가 체 밑으로 빠져나가거나 달라붙는다. 플라스틱 체 2개를 이용해 몇 번 커피콩을 반복해 담다 보면 어느새 채프가 제거된다. 그렇게 40g 정도씩 4차례에 걸쳐서 채프를 제거한다.

채프가 제거된 커피는 유리로 된 밀폐 용기에 담아둔다. 이때 주의할 점은 커피콩에서 가스가 완전히 빠져나갈 수 있도록 하루 정도 뚜껑을 닫지 말고 열어두어야 한다. 생두를 로스팅해서 채프를 제거하고 밀폐 용기에 담는 데까지 보통 1시간 정도 걸린다.

이런 과정을 거쳐서 마시는 핸드드립 커피는 세계적인 바리
스타가 만들어 준 커피보다 맛있다. 나만의 로스팅에 빠지는 이
유다.

recipe

① 생두를 주문한다. 많이 마시는 예가체프나 케냐AA, 탄자니아AA 가격이 1~2만 원선이다.

② 웍, 조리용 긴 나무수저나 주걱, 스테인리스 체 1개, 플라스틱 체 2개를 준비한다.

③ 가스레인지 위에 웍을 올려놓고 바닥이 가열되면 생두 200g 정도를 넣고 긴 나무수저로 저어준다.

④ 7분 정도 지나면 1차 크랙이 발생하고, 그 뒤 5분 정도 지나면 2차 크랙이 발생하면서 커피콩에서 기름이 나온다.

⑤ 가스레인지 불을 끄고 웍을 레인지 후드에 밀착시켜 연기를 뺀다.

⑥ 커피콩을 스테인리스 체에 담아 식힌다.

⑦ 식힌 커피콩을 플라스틱 체 2개로 채프를 제거한다.

⑧ 밀폐 유리용기에 담아 하루 정도 뚜껑을 닫지 않고 가스를 뺀다.

11

# 아내의 돌연한 와병…
# 나는 생존해야 했다

　　　　　사실 나도 엄마가 아프시기 전까지 요리에 별 관심이 없었다. 아침 일찍 회사에 나가서 밤늦게 집에 들어오는 생활을 되풀이하면서 항상 "피곤해!"라는 말을 입에 달고 살았다. 직업 특성상 일요일에도 출근하는 경우가 많아 만성 피로에 시달렸다.

　엄마는 나이가 드시면서 관절염으로 손가락이 휘고, 무릎 연골이 닳아 인공관절 수술을 받으셨다. 부정맥으로 심장 박동을 일정하게 유지해주는 심장박동기를 몸 안에 삽입하는 시술을 받으셨고, 기관지 천식으로 고생하셨다.

　엄마는 돌아가기 3년 전부터 힘에 부친다며 더 이상 김장 김치를 담가주시지 못하셨다. 우리 삼형제는 11월 말이나 12월 초가 되면 항상 형 집에 모여 엄마 주도하에 김장을 함께 담가 세 집이 나누어 가졌다.

　엄마가 김장에서 손을 떼시게 되자 형수들과 아내는 각자도생하기로 결정했다. 아내와 나는 고민 끝에 김장 김치를 집에서 담가 보기로 했다. 마트에서 김치를 사다 먹거나 홈쇼핑에서 유명하다는 김치를 몇 번 주문해 먹어보았지만 둘 다 만족스럽지 않았기 때문이다.

첫해에는 배추 12포기와 총각무 3단을 사서 김장을 담갔다. 절인 배추를 살 수도 있었지만 솔직히 위생상태가 못 미더웠다. 함지박과 플라스틱 통에 물을 담아 계란이 뜰 정도로 소금을 푼 뒤 배추를 담아 12시간 정도 지나 숨이 죽으면 물에 서너 번 씻었다. 김장 속 재료는 쪽파, 양파, 갓, 미나리, 마늘, 생강, 새우젓, 액젓, 배, 오징어, 고춧가루, 멸치 육수 등으로 준비했다. 속으로 쓰는 무는 배추 세 포기당 한 개꼴로 들어간다고 엄마가 말씀하신 것을 기억해 큰 것으로 5개 정도를 사서 채칼을 이용해 채 썰었다.

약간의 두려움도 있었지만 아내와 처음으로 담가본 김장 김치는 성공적이었다. 배추도 알맞게 절여져 짜지 않았고, 갖은 양념을 넣은 김칫속도 잘 배합되어 맛이 괜찮았다.

김장 김치를 담가 본 뒤 배추김치나 열무김치, 물김치, 깍두기, 생채 등 김치류를 담그는 것이 쉽게 느껴졌다. 기본적으로 양과 약간의 재료의 차이만 있을 뿐 담그는 방식은 똑같기 때문이다.


궁즉통(窮卽通)이라 했던가?
… 요리실력 몰라보게 늘었다


내가 본격적으로 요리를 하게 된 계기는 아내의 병 때문이었다. 아내나 아이들 밥을 내가 챙겨주지 않으면 안 되는 '비상 상황'을 갑자기 맞게 되었던 것이다.

아내는 갑작스럽게 아팠다. 처음에는 소화가 안 된다고 하더니 편두통으로 힘들어했다. 가슴도 조이는 느낌이 든다고 했다. 대학병원을 찾아 검사도 받아보고 용하다는 한의원도 갔지만 뚜렷한 병명이 나오지 않았다. 어떤 곳에서는 부정맥이 있다고 했고, 어떤 곳에서 심장이 약하다고 했으며, 또 다른 곳에서는 화병이라 진단하는 등 가는 곳마다 병명이 달랐다. 그러는 사이 아내는 응급실에 갈 정도로 몸이 안 좋아졌다. 어느 날은 아내가 119구급차에 실려 A병원 응급실에 갔는데, 혈압이 230까지 치솟아 의사들이 뇌출혈일지 모른다며 뇌CT를 찍어보자고 해 매우 긴장하기도 했다.

아내의 병은 내가 어찌어찌해서 20년을 잘 다닌 신문사를 그만 두고 친구와 함께 언론사를 하나 만든다고 분주했던 상황도 한 원인으로 작용했을 것으로 보인다.

아내는 몸져누운 뒤 거의 모든 음식을 먹지 못하고 미음만 먹었다. 나는 죽은 한 번도 쑤어보지 않았다. 하지만 엄마가 만들었던 것을 기억해 쌀을 물에 불려 작은 절구에 찧은 뒤 냄비에 눌어붙지 않도록 계속 저으면서 미음을 완성했다.

한동안 미음만 먹던 아내는 몸이 점차 좋아지면서 죽을 먹게 됐다. 처음에는 흰쌀죽만 먹었는데, 입에 물린다며 다른 죽을 원했다. 전복죽에 이어 호박죽을 마스터하면서 죽을 만드는 내 실력은 일취월장했다.

이어 나는 몸이 약한 사람에 좋다는 문어죽 만들기에 도전했다. 문어를 사서 소금과 밀가루로 씻은 뒤 삶아 잘게 썰어 작은 절구에 넣어 빻고, 물에 불려 빻은 쌀을 문어 삶은 육수에 넣어 죽을 쑤어주었다. 아내는 "전복죽도 맛있지만 문어죽이 최고"라며 엄지척을 했다. 다행히 아내는 모 한의원에 다니면서 몸이 어느 정도 회복됐다. 아내는 6개월 넘게 죽을 먹었다.

우리는 가장 쉽게 할 수 있는 일을 '식은 죽 먹기'라고 한다. 나는 세상에서 가장 만들기 힘든 음식이 죽이라고 생각한다. 쌀을 물에 불려 빻고 타지 않게 계속 저어야 하는 등 시간이 많이 걸리고 육체적으로 힘든 것이 죽 쑤기다. 한마디로 죽은 정성을 담지 않으면 제대로 만들지 못한다.

요즘 주변을 보면 여러 가지 이유로 혼자 사는 사람들이 부쩍 늘었다. 최근에는 황혼을 맞아 '졸혼'을 하는 부부들도 적지 않다. 이런 순간에 요리나 청소 같은 집안일에 무심했던 남자들에게는 하루살이가 고달프고 힘겹기만 할 것이다. 막상 집안일을 해야 하는데, 최소한의 준비가 없으면 당장 무엇을 먹어야 할지 난감한 지경에 놓이게 된다. 나의 경우처럼 아내가 갑작스럽게 아파 거동을 못하면 환자인 아내와 아이들을 직접 챙겨야 한다. 만약 내가 요리를 못했다면 6개월 이상을 인스턴트식품이나 패스트푸드로 대충 때우며 살았을 것이다. 그러면 아내의 병은 더 악화되고, 자라나는 아이들의 건강도 나빠졌을 것이다. 난 다행히 엄마의 어깨너머로 배운 요리 솜씨를 내 인생의 가장 위급한 순간에 발휘했다.

누구나 인생에서 위급 상황을 몇 차례 맞게 된다. 유비무환(有備無患)이라고 했다. 지금부터라도 요리에 관심을 가져가며 마음의 준비를 하자. 요리에 관심을 갖고 거기에서 호기심을 발동시켜 한 끼 식사를 차릴 역량을 갖춘다면 당신은 어떤 위기에 봉착해도 생존할 수 있다. 더 나아가 아내의 사랑을 다시 얻고 아이들로부터 존경까지 받을 수 있다고 하지 않았던가.

이 책은 요리책이 아니다. 내가 살아오면서 엄마와 아내, 아이들과 음식을 사이에 두고 얽힌 사연을 담은 '추억'이다.

사진은 투박하다. 집에서 틈틈이 음식을 만들면서 사진을 찍어 스튜디오 사진처럼 좋지도 않고 앵글도 비슷하다. 핸드폰으로 사진을 찍어 인화하지도 않고, 몇 개 요리 사진은 페이스북에 올리거나 자동으로 동기화되어 구글이나 애플 클라우드에 저장된 그저 그런 사진들이다.

사실 아재 요리를 책으로 출간할 생각은 없었다. 인터넷에 기사로 올려보고 싶은 정도였다.

그러다 언론계 선배인 영림카디널 전남식 사장님을 만나 어쩌다 내가 요리를 하게 된 사연을 말하며 "'아재 요리'를 이러저러한 내용으로 작성하려 한다"는 구상을 설명하니 당장 "40~50대에게 공감되는 부분이 많으니 책으로 출간하자"고 말씀하셨다.

얼떨결에 출판 제의를 받고 내가 왜 이 책을 쓰는지, 어떻게 쓸 것인지 등에 관해 서론격인 '들어가는 말'을 써보았다. 생각보다 술술 잘 써졌다. 이메일로 전 사장님께 보내니 "글 속에 책 출간 의도가 정확히 드러난다"며

격려해주셨다.

우선 목차를 정리하며 하나의 원칙을 정했다. 내가 생각하는 요리의 원칙을 알기 쉽게 설명한 뒤 쉬운 것에서 시작해 중급 정도 수준으로만 쓰기로 마음먹었다.

요리를 하면서 느낀 것은 어떤 책이든 가장 기초적인 것을 안 알려준다는 것이다. 너무 쉽다고 생각하기 때문에 기초 중의 기초는 통과하는 식이다. 요리책도 마찬가지다.

일테면 라면 물 잡기나 육수 내기다. 라면 봉지 뒷면 설명서에는 분명 라면의 물은 3컵 분량인 500~600$ml$가 적당하다고 적혀 있지만 아재들은 큰 컵 기준인지, 작은 컵인지 헷갈린다. 그래서 내가 손쉽게 사용하는 방법인, 국그릇인 대접을 이용해 물 잡는 법을 소개했다.

아재들은 육수도 찌개 등에 사용한다고 대충은 알지만 김치나 국, 잔치국수 등에도 사용되는 것은 잘 모른다. 보통의 요리책들이 그냥 무슨 요리에는 어떤 재료가 쓰인다는 단편적인 나열에만 그치고 있기 때문이다. 한마디로 말하면 확장성이 없는 것이다.

어느 날 골프장에 처음 가게 된 후배가 "어떻게 골프장에서 접수를 해야 해요?"라고 진지하게 내게 물었다. "골프연습을 하고 골프에 관한 책도 봤지만 이런 얘기는 어디에도 쓰여 있지 않다"며 정말 진지한 고민을 늘어놓았다.

나는 "골프장 클럽하우스에 도착해 차량 트렁크를 열어주면 도우미들이 골프채와 보스턴백을 빼놓는데, 주차를 한 뒤 보스턴백만 가지고 프런트에 가서 예약자 이름과 시간을 알려줘. 그러면 안내요원이 용지 한 장을 내놓는데, 여기에 네 이름을 적으면 락커룸 키를 줘. 락커룸에서 옷을 갈아입고 일행이 모이는 식당으로 가든지, 바로 골프장으로 나가면 돼"라고 상세히 알려주었다.

책을 쓰면서 후배와의 이런 에피소드가 불현듯 생각났다. 그래, 아재들에게 기초 중의 기초부터 알려주자! 그들은 요리에 거의 백지상태니까.

이 책의 목차 순서대로 요리를 만들다 보면 기초부터 중급 과정에 이른다. 라면→밥→국→반찬으로 이어지면서 최소한 인스턴트식품을 멀리할 수 있게 된다. 가족을 위해 밥상을 차리고 혼술 안주 만드는 법도 살짝 소개했다. 마지막 장에는 후식으로 커피를 마실 수 있게 나만의 로스팅 과정도 넣었다.

책을 쓰며 음식에 얽힌 사연을 찾느라 나는 머릿속에 오래 묻어둔 사연을 하나씩 꺼냈다. 사연이 많은 음식은 글이 쉽게 써졌지만 그렇지 않은 것은 며칠씩 사연을 찾느라 끙끙대야 했다. 그렇지만 40일간의 글쓰기 작업은 나에게 행복감을 주었다.

글을 쓰면서 아내와 아이들에게 사연이 맞는지, 요리 과정에서 빠진 것은 없는지, 오탈자가 있는지를 검수받았다. 이 모든 과정이 가족의 든든한 지원과 격려로 이루어졌다. 사랑하는 아내 이경아와 딸 예원, 아들 재원에게 고맙다는 말을 전한다.

마지막으로 이 책을 끝까지 읽어주신 독자 여러분께 머리 숙여 감사의 인사를 올린다.